FOLIOTHÈQUE

Collection dirigée par

Bruno Vercier

Maître de conférences
à l'Université de
la Sorbonne Nouvelle - Paris III

Guy de Maupassant

Pierre et Jean

par Laure Helms

Laure Helms

commente

Pierre et Jean

de Guy de Maupassant

Gallimard

Laure Helms, ancienne élève de l'École normale supérieure, agrégée de lettres modernes, a consacré sa thèse de doctorat à *Maupassant et l'Irrémédiable*. Ses travaux portent sur le roman du XIXe siècle ainsi que sur la poésie moderne et contemporaine.

À la mémoire de mon père

SIGLES ET RÉFÉRENCES

Les références indiquées entre parenthèses renvoient à *Pierre et Jean*, édition présentée et annotée par Bernard Pingaud (« Folioclassique », n° 3250).

CN	*Contes et nouvelles*, édition établie par Louis Forestier, Gallimard, « Bibliothèque de la Pléiade », 1974-1979, 2 vol.
Chr.	*Chroniques*, édition établie par Gérard Delaisement, Rive Droite, 2003, 2 vol.
Corr.	*Correspondance*, édition établie par Jacques Suffel, Évreux, Le Cercle du bibliophile, 1973, 3 vol.

INTRODUCTION

Il faut bien le reconnaître avec Anatole France : le sujet de *Pierre et Jean* est « ingrat[1] ». Une famille de modestes rentiers retirée au Havre vit en paix jusqu'au jour où l'on apprend la mort de Maréchal, un vieil ami parisien. Ce dernier a légué toute sa fortune à Jean, le fils cadet des Roland. Pierre, l'aîné, peine à accepter une disposition qui le désavantage à ce point. Aussi va-t-il s'employer à mettre au jour les raisons de ce legs inattendu. Le récit retrace les lents progrès de son enquête, avant de s'attarder aux conséquences de sa découverte. Outre qu'il est ingrat, le point de départ du roman paraît étrange à Anatole France : comment l'ami disparu, intelligent et respectueux des convenances, a-t-il pu laisser un testament aussi explicite ? Comment n'a-t-il pas songé aux soupçons qu'un tel acte ne pourrait manquer d'éveiller ? Enfin, cette donnée initiale n'autorise guère de suspense, est impropre à susciter le moindre rebondissement, et ne conduit à aucun dénouement véritable. C'est donc l'austérité qui caractérise l'intrigue de *Pierre et Jean*, limitée au récit d'une crise intérieure accompagnant la douloureuse investigation d'un personnage rongé par la jalousie et le doute. Le bouillant romancier de *Bel-Ami*, le sulfureux conteur de *La Maison Tellier* nous avait habitués à d'autres rythmes, à d'autres contrastes.

1. Anatole France, « M. Guy de Maupassant, critique et romancier », *Le Temps*, 15 janvier 1888 (voir Dossier, p. 224).

Ce roman de l'échec et de la grisaille s'avère pourtant un des plus lus et des plus appréciés de Maupassant, suscitant l'admiration d'écrivains aussi différents que Zola ou Sartre. La clarté de son style, la brièveté de son développement, parfois rapproché de celui d'une longue nouvelle, en font également une œuvre très accessible, souvent proposée à la réflexion de jeunes lecteurs. Il est vrai que *Pierre et Jean* reprend plusieurs motifs traditionnels chez Maupassant, comme celui de la femme mal mariée ou de l'enfant naturel, et qu'il s'inscrit dans le cadre familier de la Normandie, terre natale du romancier, décor d'*Une vie* et de très nombreux contes et nouvelles. Autant de caractéristiques « exemplaires » qui permettent étiquetage et catégorisation didactiques. Cette lisibilité de l'œuvre risque cependant de masquer l'essentiel, voire de fonctionner comme un piège.

Le texte de *Pierre et Jean*, plus qu'un autre, se prête en effet à la pluralité des interprétations. Les différentes lectures qu'il a suscitées — d'ordre narratologique, thématique, rhétorique, sociologique ou psychanalytique — témoignent de cette ouverture et de cette richesse du sens, qui, sans être absolument indécidable, apparaît éminemment instable. Dans ce roman, « le sens surabonde, jusqu'à la nausée », a ainsi remarqué une des meilleures analystes de l'œuvre [1]. Tâchant de préserver le lecteur de ce vertige, c'est cette surabondance qu'il nous faudra mé-

1. Marie-Claire Ropars-Wuilleumier, « Lire l'écriture », *Esprit*, décembre 1974, p. 801.

thodiquement explorer. Non pas « comme un chien qui suit une piste évaporée », pour reprendre une image appliquée à l'enquête de Pierre, mais en recherchant, dans le texte lui-même, la trace de ce qui s'écrit au-delà de ce qui se dit, de ce qui se joue au-delà de ce qui se raconte. Une enquête en prolonge ainsi une autre, plongeant cette fois ses racines, non dans les ruines d'un passé définitivement perdu, mais simplement dans ce qui se poursuit *noir sur blanc*.

I SITUATION DE *PIERRE ET JEAN*

UN ROMAN DE TRANSITION

Pierre et Jean est le quatrième des six romans de Maupassant. Il a été écrit rapidement, en un été, à un moment où l'écrivain, en pleine possession de son talent, était pourtant confronté à des inquiétudes personnelles aussi bien qu'à un contexte de crise littéraire affectant l'ensemble des romanciers de sa génération. À bien des égards, *Pierre et Jean* représente un aboutissement dans l'œuvre de Maupassant, en même temps que le creuset d'un nouvel art romanesque.

MAUPASSANT EN 1887

En 1887, lorsqu'il écrit *Pierre et Jean*, Maupassant est un écrivain connu et admiré du grand public.

Né le 5 août 1850 au château de Miromesnil, près de Dieppe, il a dû patienter jusqu'à la publication du recueil collectif *Les Soirées de Médan*, le 17 avril 1880, pour atteindre la célébrité. Il y avait donné *Boule de suif*, nouvelle qui a rencontré immédiatement le succès que l'on sait. Gustave Flaubert, mentor et ami du jeune écrivain, n'a que le temps de saluer ce chef-d'œuvre avant de mourir, le 8 mai de la même année. Malgré la disparition précoce de cette figure tutélaire, Maupassant accède rapidement à un statut d'auteur à part entière. Il peut désormais vivre de sa plume, abandonnant sa place d'employé au ministère de l'Instruction publique. Ses différentes collaborations avec des journaux tels que *Le Gaulois*, *Gil Blas* ou *Le Figaro* lui assurent une existence de plus en plus confortable, et lui permettent de multiplier voyages et croisières à bord de son voilier le *Bel-Ami*. Les récits brefs et les chroniques, portant sur l'actualité aussi bien que sur les événements artistiques et littéraires de l'époque, se succèdent à un rythme intense. Ainsi, fin 1887, Maupassant a déjà publié plus de deux cent vingt chroniques, auxquelles s'ajoutent environ deux cent quatre-vingts contes et nouvelles, dont une grande partie a fait l'objet de reprises en recueils

(*La Maison Tellier*, *Mademoiselle Fifi*, *Contes de la Bécasse*...).

Cette suractivité connaît cependant un revers : l'auteur d'*Une vie* a contracté la syphilis en 1877, et se plaint depuis de douleurs oculaires et de violents maux de tête, qui le conduisent à multiplier cures et consultations médicales. Par ailleurs, l'écrivain doit faire face, en cette année 1887, aux troubles mentaux de son frère Hervé, son cadet de six ans, qu'il est contraint de faire interner à plusieurs reprises, tout en assumant financièrement la famille de ce dernier.

L'ART DU ROMAN

Maupassant ne se contente pas de mener de front une double carrière de chroniqueur et de nouvelliste : en 1883, après plusieurs années d'un travail acharné, il a également publié *Une vie*, son premier roman, encore très marqué par l'influence flaubertienne. Puis se sont rapidement succédé *Bel-Ami* (1885) et *Mont-Oriol* (1887). *Pierre et Jean* est donc le quatrième roman de l'écrivain, et il correspond à l'apogée de sa décennie créatrice. Bien que rédigé en quelques mois, il apparaît comme le fruit d'une longue maturation, sur le plan thématique aussi bien que sur le plan esthétique. Maupassant, parvenu à la pleine maîtrise de son art, lassé du carcan des histoires courtes auxquelles on l'identifie trop souvent, a désormais soif de voies nouvelles.

UNE ÉVOLUTION REMARQUABLE

D'*Une vie* à *Pierre et Jean*, malgré la courte période qui les sépare, l'art du roman [1] de Maupassant a en effet connu une profonde évolution, qui aboutira en 1889 à ce chef-d'œuvre qu'est *Fort comme la mort*, et enfin, l'année suivante, à *Notre cœur*. *Une vie*, encore plein de résonances flaubertiennes, se présentait comme une succession de tableaux intimes, destinés à faire sentir au lecteur l'échec d'une destinée toujours plus triste et pauvre en événements. Jeanne, l'héroïne de ce roman de l'« humble vérité » situé dans une extrémité reculée de la campagne normande, y était totalement coupée du mouvement de l'Histoire. Aussi sombrait-elle dans une solitude et un désespoir toujours plus noirs, au point que l'évidement de la durée romanesque et l'« effet de tristesse » qui s'y attache pouvaient apparaître comme le véritable sujet de ce « tableau de pure souffrance [2] ».

Bel-Ami, publié deux ans plus tard, adopte quant à lui une formule balzacienne. Maupassant y change radicalement de sujet et de manière : à l'existence toujours plus désolée d'une jeune femme naïve et solitaire succède l'ascension fulgurante d'un jeune homme insolent et sans scrupule. À une lente succession d'échecs une éclatante accumulation de réussites : trois ans seulement suffisent à l'ex-sous-officier Duroy pour accéder à la fortune. Maupassant passe donc sans

1. Pour reprendre le titre de l'ouvrage d'André Vial, *Maupassant et l'art du roman*, Nizet, 1954.

2. Ainsi que l'a noté Henry James, « Guy de Maupassant » [1888], *Sur Maupassant*, Complexe, Bruxelles, 1987, p. 108.

transition d'une monographie à une chronique menée tambour battant, dont le rythme invraisemblable a été souligné à juste titre. Cette mutation va de pair avec un changement de lieu et d'époque : alors qu'*Une vie* se situait aux confins de la Normandie, *Bel-Ami* se déroule essentiellement à Paris, qui devient le lieu de tous les possibles, pourvu que l'on ait de l'astuce et de l'ambition. De plus, Maupassant inscrit cette fois ses personnages dans un univers contemporain : cinq ans seulement séparent la publication de l'œuvre des faits évoqués. Enfin et surtout, la technique du romancier s'est considérablement enrichie : abandonnant la formule « successive » d'*Une vie*, il compose son œuvre en deux parties bien distinctes, multipliant habilement les croisements entre les différents niveaux d'intrigue. L'évolution de la donnée intime (« l'histoire d'un jeune homme », pour reprendre le sous-titre de *L'Éducation sentimentale*...) apparaît ainsi étroitement solidaire de la donnée collective. Ainsi l'art de Maupassant s'est-il étendu et diversifié à l'épreuve de ce roman « à scandales », qui se souvient des *Illusions perdues* aussi bien que des leçons de Zola.

Mont-Oriol, publié en 1886, poursuit cette réflexion sur l'Histoire tout en amorçant la transition vers l'intime qui aboutira à ce singulier « genre d'étude psychologique » qu'est *Pierre et Jean*. Les mutations de la société contemporaine y sont à nouveau mises en évidence, parallèlement au développement d'une intrigue privée, fondée sur le secret. Dans ce troisième roman, Maupassant déplace l'action de la capitale vers une petite station thermale d'Auvergne, qu'il avait lui-même fréquentée. L'œuvre évoque ainsi la découverte d'une source, qui fait bientôt du modeste village d'Enval l'enjeu de menées complexes, les financiers parisiens s'appliquant à déposséder les propriétaires locaux de leurs parcelles prometteuses… La mise en scène d'une réussite économique individuelle se double de l'évocation d'une passion quant à elle vouée à l'échec et au malheur. Ce mode d'imbrication de l'intime et du collectif marque une étape supplémentaire dans l'affirmation de la maîtrise du romancier, dont la manière évolue et se singularise, s'orientant vers une observation toujours plus fine et attentive de la psychologie de ses personnages.

C'est cette propension à l'analyse que confirme *Pierre et Jean*, publié à peine un an plus tard. Nous verrons que la dimension introspective occupe dans ce roman une place prépondérante, Maupassant concentrant toute son attention sur un moment de crise intérieure, aiguë et sans retour. Toute préoccupation du moment historique se trouve ainsi rejetée au second plan. Ce n'est que dans ses deux derniers romans, *Fort comme la mort* (1889) et *Notre cœur* (1890), que l'écrivain parviendra à renouer avec cette dimension de fresque historique et sociale provisoirement abandonnée. À cet égard, *Pierre et Jean* constitue bien un *essai* unique dans l'œuvre de Maupassant, témoignant d'un moment *critique* à tous les sens du terme.

GENÈSE DE *PIERRE ET JEAN*

Dans un entretien accordé au journal *Le Temps* à propos de *Mont-Oriol*, Maupassant déclarait en février 1887 : « C'est un livre que j'ai voulu tout de tendresse et de douceur. [...] Pour une fois, je n'ai pas voulu me gâter mon rêve à moi-même, je suis resté volontairement un peu superficiel, les yeux à moitié clos devant la réalité. Elle aura sa revanche. Je porte un livre sur la famille qui sera bien noir [1]. » Ce livre « bien noir », centré sur la famille, c'est bien sûr *Pierre et Jean*, dont Maupassant a déjà l'idée, sinon le plan, au début de l'année 1887. Il y songe en tout cas d'une manière assez précise à la fin du mois d'avril pour laisser entendre à son éditeur Victor Havard, qui tardait à lui régler ses comptes, qu'il a promis à son concurrent Ollendorff de lui donner un « petit roman ». Ce n'est pourtant qu'au cours de l'été suivant qu'il rédige intégralement l'œuvre, dont la source d'inspiration reste discutée.

1. *Le Temps*, 12 février 1887.

UNE ORIGINE INCERTAINE

Le 22 juin 1887, Maupassant lit les premières pages de son nouveau roman à Hermine Lecomte du Noüy, une charmante voisine d'Étretat dont il s'est épris quelques mois plus tôt. Dans *En regardant passer la vie*, celle-ci revient sur cette journée, citant un passage de son propre journal : « L'exposition s'annonce très bien : c'est un fait réel qui lui a donné l'idée d'écrire ce livre. Un de ses amis vient de faire un héritage de huit millions. Cet héritage lui a été laissé par un commensal de la famille. Il paraît que le père du jeune homme était vieux et la mère jeune et jolie. Guy a cherché comment le don d'une pareille fortune pouvait s'expliquer ; il a fait une supposition qui s'est imposée à lui ; il va la développer et nous devons aller ensemble samedi au Havre pour qu'il se pénètre du paysage, des bassins et du mouvement du port, d'une façon absolument juste[1]. » Ce témoignage, au demeurant invérifiable, suggère que Maupassant aurait puisé son inspiration dans la bonne (ou la mauvaise...) fortune d'un de ses amis proches, qu'il aurait tenté d'expliquer par une hypothèse fondée sur des considérations matérielles. La donnée initiale ne vaut ici que par son mystère et par la liberté qu'elle laisse à l'écrivain de développer ensuite sa propre intuition. Dès cette étape, on remarque également que l'intrigue est située au Havre, cadre que Maupassant conservera

1. *En regardant passer la vie*, Ollendorff, 1903, p. 46.

et qu'il s'applique très tôt à revisiter avec soin.

Il existe cependant une variante non négligeable de l'origine de *Pierre et Jean*. Fin janvier 1888, à la suite de la parution de l'œuvre, un jeune écrivain se manifesta auprès de Maupassant pour lui indiquer qu'il composait un premier roman sur le même thème, intitulé *Stéphane*. Le malheureux confrère n'était autre qu'Édouard Estaunié, le futur auteur de *Solitudes* (1922). Attentif à sa déception, Maupassant lui répondit en ces termes : « Quoi d'étonnant à ce que le même sujet nous ait tentés en même temps ? Vous avez eu la malchance de voir mon livre paraître avant le vôtre, alors que l'un et l'autre étaient prêts en même temps. [...] N'est-ce pas qu'ils ont reçu sans s'en douter le même germe d'émotion ? C'est un fait divers de journal qui m'a donné la première idée de *Pierre et Jean*. Ne se peut-il pas que vous ayez lu le même fait divers, le même jour que moi ? Combien de fois aussi un événement quelconque retentissant, discuté, commenté, produit, en deux esprits de même nature, la même commotion, puis la même suite de raisonnements et de déductions, engendre un travail analogue qui les mène aux mêmes conséquences logiques. Que l'un de ces deux esprits produise plus vite, pour une cause quelconque, l'œuvre née de la même graine, on accusera presque fatalement l'autre d'être un plagiaire[1]. » Nul n'y songea, il faut bien l'avouer, lorsque

1. *Corr.*, lettre n° 494.

Stéphane, rebaptisé *Un simple*, parut finalement en 1891.

Quoi qu'il en soit, la lettre adressée à Estaunié diffère sensiblement du témoignage d'Hermine Lecomte du Noüy. Dans ce dernier, il est en effet question d'un événement précis, servant de point de départ à une variation libre, tandis que dans la lettre adressée au jeune confrère, c'est un « fait divers de journal » qui est présenté comme l'élément déclencheur d'une création tout intellectuelle. D'après le journal de Mme du Noüy, l'imagination semble avoir joué un rôle prépondérant (« il a fait une supposition qui s'est imposée à lui ») ; d'après la lettre à Estaunié, au premier « germe d'émotion » aurait succédé un travail fait de « raisonnements et de déductions ». À l'appui de cette dernière confidence, on peut rappeler que l'écrivain avait effectivement coutume de rechercher dans la presse des anecdotes pour ses contes et nouvelles, et qu'il mettait même à contribution sa mère et ses amis pour en trouver de plus piquantes. Mais au fond, qu'importe : que le sujet de *Pierre et Jean* ait été tiré d'une aventure vécue ou lue, ce point de départ est *divers*, c'est-à-dire de peu d'importance et d'une certaine façon *gratuit*.

Nous ne dirons pas, pour autant, que ce choix est totalement *fortuit* : l'insistance avec laquelle Maupassant souligne le caractère impersonnel de son sujet suggère *a contrario* un vide, un silence volontaire. Seule l'étude de l'œuvre nous permettra de combler partiellement ce manque, et d'avancer une nouvelle réponse à cette question des origines.

UNE ÉCRITURE RAPIDE

Par-delà ces incertitudes, quelques éléments concrets nous sont parvenus concernant la rédaction de l'œuvre. Ainsi, Maupassant se mit au travail en juin 1887 à la Guillette, sa maison d'Étretat, et rendit son manuscrit à Ollendorff deux mois et demi plus tard. L'on rapporte qu'il écrivait en regardant jouer le petit Pierre Lecomte du Noüy, le fils d'Hermine… Maupassant avait fait construire le chalet de la Guillette en 1883, grâce au succès de *La Maison Tellier*. Sa mère lui avait auparavant cédé un verger, sur la route de Criquetot, aujourd'hui rue Guy-de-Maupassant. La maison, adossée à une colline faisant face à un coteau boisé, était plutôt modeste, mais tirait son caractère d'une fine galerie entourant tout le premier étage, et d'un vaste jardin planté de frênes et de peupliers. L'écrivain songea d'abord à la baptiser « La Maison Tellier », mais ce fut un tollé chez ses amies, et Hermine proposa de lui donner le doux nom de « La Guillette »…

Dans ce cadre propice, le roman semble avoir été écrit d'une traite. L'examen du manuscrit témoigne de cette facilité d'exécution : il comporte en effet peu de corrections significatives, sauf dans les deux derniers chapitres[1]. Dans l'ensemble, on peut remarquer que Maupas-

1. Bernard Pingaud livre dans son édition un choix intéressant de variantes, notamment pour les chapitres VII et VIII.

sant s'est efforcé de réduire la part des jugements personnels et des intrusions d'auteur, travaillant dans le sens d'une mise à distance toujours plus grande.

PUBLICATION ET RÉCEPTION

Comme tous les romans de Maupassant et la plupart de ceux de ses confrères, *Pierre et Jean* fut d'abord publié en livraisons dans les numéros des 1er, 15 décembre 1887 et 1er janvier 1888 de *La Nouvelle Revue*. De tendance républicaine, ce périodique avait été fondé en 1879 par Juliette Adam pour contrebalancer le succès de *La Revue des Deux Mondes*, nettement plus conservatrice. *La Nouvelle Revue* publia notamment les œuvres de Flaubert, Bourget, Loti et France, et Maupassant pour sa part y avait déjà donné plusieurs études, des récits de voyages et des contes importants, tels qu'*En famille*, *Le Vagabond* ou *Le Rosier de Madame Husson*. Quant à la parution du roman en volume chez l'éditeur Ollendorff, elle était d'abord annoncée pour le 20 janvier 1888, mais en raison d'un climat de tension politique avec l'Allemagne, la mise en vente fut avancée au 9 janvier. Elle suivait ainsi de très près la publication en revue, et la parution dans *Le Figaro* d'une étude plus générale sur le roman, destinée à accompagner l'œuvre.

Dans une lettre à sa mère de la fin septembre 1887, Maupassant s'est montré fort lucide quant à l'accueil qui devait être réservé à son roman : « *Pierre et Jean* aura un succès littéraire, mais non pas un succès de vente. Je suis sûr que le livre est bon, je te l'ai toujours écrit ; mais il est cruel, ce qui l'empêchera de se vendre [1]. » En effet, l'accueil de la critique fut d'emblée très favorable, et les nombreuses recensions s'accordaient à louer la rigueur et la pureté du style de Maupassant, ainsi que sa capacité à créer des personnages « bien vivants, d'une vie bien intense où le corps aussi tient sa place [2] ». De cette manière, l'auteur de *Pierre et Jean* se voyait implicitement opposé à Paul Bourget, romancier dont les personnages paraissaient trop figés et abstraits.

1. *Corr.*, lettre n° 468.

2. *L'Illustration*, 21 janvier 1888. Pour une présentation de la réception de l'œuvre, voir Dossier, p. 224.

Contrairement à ce que prévoyait Maupassant, l'accueil que le public réserva au roman fut également très positif, malgré la « cruauté » du sujet. En témoigne la parution rapide d'une édition illustrée chez Boussod, Valadon et Cie, suivie d'une seconde publication en revue dans *La Vie populaire*, en mars-avril 1888. Enfin, peu après la parution de *Pierre et Jean*, Oscar Méténier (le futur créateur du Théâtre du Grand-Guignol) et Oscar Byl sollicitèrent Maupassant pour adapter son roman au théâtre. Mais le scénario proposé au romancier lui déplut profondément, et l'affaire tourna court. Dans une lettre à Méténier du 25 mars 1888, l'écrivain justifie ainsi son refus en soulignant la difficulté, voire l'impossibilité d'adapter fidèlement une œuvre romanesque à la scène : « Je crois qu'on ne peut pas transporter un roman au théâtre comme vous avez tenté de le faire, mais qu'il faut en tirer une pièce, la composer complètement à neuf, d'après la donnée du roman [1]. » Maupassant, qui s'était pourtant essayé lui-même à écrire pour la scène à plusieurs reprises, ne céda en tout cas à aucune sollicitation, craignant que l'on fît de son œuvre « un terrible mélo [2] ».

1. *Corr.*, lettre n° 503.

2. *Ibid.*, lettre n° 493.

Quoi qu'il en soit, l'abondance et la diversité des réactions qui suivirent la parution de *Pierre et Jean* soulignent l'impact de ce roman dès l'année 1888. Ce retentissement s'explique en grande partie par un contexte de crise du naturalisme, mouvement dont Maupassant se tenait à distance, mais dont il avait retenu, en pratique du moins, certains principes.

UN CONTEXTE DE CRISE LITTÉRAIRE

Au moment où Maupassant écrit *Pierre et Jean*, le monde littéraire est agité par un débat sur le naturalisme, visant à remettre en question les principes du mouvement qui s'était constitué autour de Zola une dizaine d'années plus tôt. Malgré les convictions et la forte personnalité de ce dernier, rappelons que le naturalisme ne s'était jamais imposé comme une « école littéraire » à part entière. Réunissant des écrivains aussi différents que Huysmans, Goncourt, Mirbeau, Céard, Alexis, Hennique ou Maupassant, le mouvement souffre d'emblée d'un manque d'unité, notamment après la mort de Flaubert en 1880. Peu à peu, les liens entre Zola, Goncourt et Daudet se distendent, les deux derniers jalousant le succès du premier. Quant à Maupassant, il prend rapidement ses distances avec les principes théoriques du mouvement, qu'il va jusqu'à tourner en dérision dans sa correspondance.

La question de l'appartenance de Maupassant au naturalisme, mouvement qui s'est imposé dans les années 1876-1884 grâce aux nombreux articles théoriques et aux romans de Zola, est régulièrement débattue.

Rappelons simplement quelques éléments concrets : à la suite de la parution des *Soirées de Médan* en 1880, la critique a reconnu en Maupassant un naturaliste à part entière. Les premiers recueils de contes, *La Maison Tellier* et *Mademoiselle Fifi*, ont également été accueillis comme des œuvres purement naturalistes. Après la parution d'un article de Ferdinand Brunetière en 1884, la perception de Maupassant a commencé à évoluer, le critique lui trouvant « tous les défauts qu'exige l'esthétique naturaliste », mais également « quelques qualités qui sont assez rares dans l'école » (« Les petits naturalistes », *La Revue des Deux Mondes*). La même année, Jules Lemaître, dans *La Revue bleue*, souligne que l'auteur d'*Une vie* possède « toutes les qualités extérieures de l'art classique », appliquées à une vision du monde très différente (« Conteurs contemporains : Guy de Maupassant »). Puis, après la publication de *Mont-Oriol* en 1887, on s'accorde généralement à reconnaître que cette conception tend à s'humaniser et à se détacher du naturalisme pur, avant d'évoluer, avec *Fort comme la mort* (1889) et *Notre cœur* (1890), vers une analyse subtile de la mondanité, bien éloignée des préoccupations initiales du groupe de Médan... Bref, Maupassant a rapidement été considéré comme un « naturaliste à part », voire un « réformateur » du mouvement auquel il avait d'abord été associé.

Quant à l'intéressé, il a toujours tenu à conserver son indépendance, refusant toute affiliation, qu'elle soit politique, religieuse ou littéraire. Il déclare ainsi dès 1876 : « Je veux n'être jamais lié à aucun parti politique [...], à aucune religion, à aucune secte, à aucune école [...], ne m'incliner devant aucun dogme, [...] et aucun principe » (lettre à Catulle Mendès). Ou encore, en 1877, reprenant la leçon de Flaubert : « Je ne crois pas plus au naturalisme et au réalisme qu'au romantisme. Ces mots à mon sens ne signifient absolument rien et ne servent qu'à des querelles de tempéraments opposés » (lettre à Paul Alexis). Et dans ses lettres à Flaubert, Maupassant n'a de cesse d'ironiser sur les prétentions scientifiques de l'auteur du *Roman expérimental*. Pour qui fait de l'*originalité* une valeur suprême, il semble donc impossible de se reconnaître en quelque école que ce soit.

Malgré toutes ses réserves sur les principes « théoriques » du mouvement, Maupassant reste proche du naturalisme et notamment de Zola, dont il admirait la force évocatoire. Ainsi, pour l'auteur de *L'Assommoir* comme pour l'auteur d'*Une vie*, il importe avant tout de rendre compte du réel dans toutes ses dimensions, de faire voir l'humanité sous tous ses aspects. Mais alors que les œuvres de Zola, en dépit de leur apparente noirceur, témoignent toujours d'une croyance en un progrès de l'humanité, les romans de Maupassant restent marqués par la désillusion et par l'échec. En somme, son réalisme se situe davantage dans la lignée de celui de Flaubert, qui le considérait lui-même comme un « disciple » au meilleur sens du terme.

En vérité, le procès du naturalisme avait commencé au moment même où le mouvement paraissait triompher, et alors que Zola était en pleine gloire. Dès 1884, Huysmans, qui avait pourtant emboîté le pas au naturalisme avec des romans tels que *Marthe* ou *Les Sœurs Vatard*, indique dans *À rebours* la possibilité d'un renouvellement de l'art romanesque. Dans la préface qu'il donna par la suite au roman, il analyse la situation littéraire de l'époque avec lucidité : « Au moment où parut *À rebours*, c'est-à-dire en 1884, la situation était donc celle-ci : le naturalisme s'essoufflait à tourner sa meule dans le même cercle. La somme d'observations que chacun avait emmagasinée, en le prenant sur soi-même et sur les autres, commençait à s'épuiser. Zola qui était un beau décorateur de théâtre, s'en tirait en brossant des toiles plus ou moins précises [...]. Mais Zola était Zola, c'est-à-dire un artiste un peu massif, mais doué de puissants poumons et de gros poings./Nous autres, moins râblés et préoccupés d'un art plus subtil et plus vrai, nous devions nous demander si le naturalisme n'aboutissait pas à une impasse, et si nous n'allions pas bientôt nous heurter contre le mur du fond [1]. »

1. Préface d'*À rebours* (rédaction de 1903).

Maupassant, dans la chronique qu'il consacre au roman de Huysmans, se montre très sensible à la nouveauté de l'œuvre, et se plaît notamment à souligner, à la suite de l'auteur, que « la nature a fait son temps ; [qu']elle a définitivement lassé, par la dégoûtante uniformité de ses paysages et de ses ciels, l'attentive patience des raffinés[1] ». Ainsi, tout comme Huysmans et bien d'autres jeunes romanciers de sa génération, Maupassant est en quête d'une esthétique plus recherchée, impliquant d'autres formes du vrai.

1. « Par-delà », *Chr.*, I, p. 861.

Du côté des critiques enfin, les attaques à l'égard du naturalisme se font de plus en plus virulentes. Ferdinand Brunetière, au nom des valeurs classiques, s'employait depuis 1875 à dénoncer les « grossièretés » de Zola dans *La Revue des Deux Mondes*, tout en soulignant le caractère « superficiel » d'une esthétique ne s'attachant qu'à l'enveloppe des choses au détriment de toute intériorité. Or de nouveaux modèles, privilégiant justement une écriture de l'intime, font dans ces années leur apparition sur la scène littéraire, tandis que des écrivains tels que Benjamin Constant et Stendhal sont réhabilités par Barrès et Bourget. C'est enfin du côté du roman russe que certains critiques trouvent des arguments pour affaiblir le naturalisme et souligner l'étroitesse de ses vues. Melchior de Voguë se veut ainsi l'introducteur en France de Dostoïevski, Tolstoï, Gogol et Tourgueniev. Dans une série d'articles publiés entre 1879 et 1885, puis réunis en 1886 sous le titre *Le Roman russe*, de Voguë exalte la profonde humanité de ces romanciers à la fois réalistes et psychologues, qui seraient, à la différence des naturalistes français, remplis de compassion à l'égard de leurs personnages. Maupassant de son côté se montrait très curieux de la littérature russe, appréciant notamment l'œuvre de Tourgueniev, qu'il connaissait bien, pour sa valeur morale et l'économie de moyens dont il faisait preuve dans l'observation de la vie.

La controverse devait atteindre son point culminant avec la parution de *La Terre* d'Émile Zola en feuilleton dans le *Gil Blas*. Le jour même de la fin de la publication, le 18 août, paraissait dans *Le Figaro* un pamphlet signé de la main de cinq jeunes écrivains jusqu'alors considérés comme des disciples de Zola. Ce pamphlet, connu sous le nom de « Manifeste des Cinq », attaquait durement les principes du naturalisme, récusant notamment les notions d'hérédité et de modèle scientifique expérimental. Les signataires du pamphlet, Paul Bonnetain, Joseph Henri Rosny, Lucien Descaves, Paul Margueritte et Gustave Guiches, s'en prenaient nommément à Zola, dénonçant son « ignorance médicale et scientifique », ou encore « l'enfantillage du fameux arbre généalogique ». Contre une descente « au fond de l'immondice », ils protestaient « au nom d'ambitions saines et viriles ».

Ce texte, très violent, n'était guère de nature à faire progresser le débat sur les formes romanesques, et les cinq signataires devaient par la suite se repentir de leur geste, parfois interprété comme une machination ourdie contre Zola par des confrères jaloux. Le coup, cependant, avait porté, et les critiques, toujours plus virulentes, se multipliaient à l'encontre du naturalisme. C'est dans ce contexte d'agitation et de défiance que Maupassant entreprend d'écrire son étude « Le Roman », qui lui donne l'occasion de se situer dans ce débat et de préciser ses propres positions.

II « LE ROMAN » : « MES IDÉES SUR MON ART »

Lorsque Maupassant remet à Ollendorff le manuscrit de *Pierre et Jean*, en septembre 1887, ce dernier lui fait remarquer que le roman risque de paraître un peu court pour des lecteurs habitués à des œuvres de plus longue haleine. L'auteur propose alors de lui adjoindre une étude sur le roman, qu'il se met aussitôt à écrire, toujours à Étretat. Ce texte dense, d'une quinzaine de pages, peut donc apparaître comme un essai de *circonstance* ; il n'en reste pas moins qu'il se situe dans le droit-fil de réflexions plus anciennes, disséminées dans la correspondance[1], les chroniques et les critiques littéraires régulièrement publiées par Maupassant dans divers journaux. Le romancier, stimulé par la controverse entourant la parution de *La Terre*, saisit ainsi l'occasion que lui offre son éditeur de rassembler « [ses] idées sur son art », ce qu'il affirme avoir voulu faire « depuis longtemps [...] afin de ne plus laisser de prétexte à des méprises et à des erreurs sur [son] compte[2] ».

1. Voir notamment la lettre à Maurice Vaucaire (Dossier, p. 190). Cette lettre esquisse certaines idées qui seront reprises dans « Le Roman ».

2. *Corr.*, lettre n° 485.

Si une légende tenace a longtemps présenté Maupassant comme un écrivain purement spontané, qui publierait des livres aussi facilement qu'un pommier produit des pommes, on sait aujourd'hui que l'auteur d'*Une vie*, en bon « disciple » de Flaubert, n'avait de cesse de s'interroger sur son art et de questionner ses contemporains. Au fil des ans, Maupassant s'est ainsi constitué sa propre esthétique, qu'il expose dans son essai avec la simplicité du praticien qui souhaite, une fois pour toutes, répondre de manière synthétique aux critiques dont il a été l'objet. L'étude qui accompagne *Pierre et Jean* demeure en effet l'unique « préface » auctoriale du romancier, qui ne s'est par ailleurs que rarement engagé dans l'introduction d'autres ouvrages, à la différence notable des Goncourt et de Zola. De ce fait, cette étude occupe un statut particulier dans l'œuvre de Maupassant, d'autant que celui-ci se refusait absolument à la considérer... comme une préface, dont la fonction traditionnelle se limite généralement à présenter l'œuvre qui la suit et à prévenir d'éventuelles critiques. L'essai sur le roman qui précède *Pierre et Jean* déborde largement cette fonction et peut être lu comme un véritable art poétique.

L'AFFAIRE DU *FIGARO*

Si le statut de l'étude destinée à accompagner *Pierre et Jean* ne pose guère de problème, l'histoire de sa publication est plus complexe et mouvementée.

LES CISEAUX DE PÉRIVIER

Maupassant écrivit l'essentiel de son essai en septembre 1887, juste après avoir achevé son roman. Il devait cependant le retoucher durant trois mois encore, ainsi que l'indique une lettre à Juliette Adam datée du mois d'octobre : « Je ne puis vous donner ma préface pour le 15 octobre. Et puis j'ai besoin qu'elle paraisse avec le roman, car c'est une étude très travaillée sur le roman actuel sous toutes ses formes et j'espère qu'elle fera un peu discuter. Il est donc indispensable qu'elle précède le volume de quelques jours seulement. » L'auteur accordait ainsi suffisamment d'importance à son texte pour souhaiter lui donner une large diffusion et le voir paraître *à part*, peu de temps avant le roman lui-même.

En définitive, ce n'est pas à *La Nouvelle Revue* que Maupassant confia son texte, mais au supplément littéraire du *Figaro*, qui devait en assurer une première publication juste avant la parution en volume chez Ollendorff, prévue le 9 janvier. Le romancier remit donc son manuscrit définitif au journal vers le 15 décembre, mais le 7 janvier, de retour d'un voyage en Afrique du Nord, il eut la désagréable surprise de découvrir en lisant *Le Figaro* que son étude paraissait totalement tronquée, amputée d'une grande partie de ses développements. Comme elle était trop longue pour tenir en douze colonnes, Antonin Périvier, le directeur du journal, avait en effet décidé d'y pratiquer d'importantes coupures, sans en avertir l'auteur[1]. Le texte de Maupassant avait ainsi été ramené à deux « rez-de-chaussée », le format habituel d'un feuilleton critique. Périvier avait notamment supprimé les premières lignes de l'étude, où l'auteur souligne l'indépendance de ce texte par rapport à *Pierre et Jean*, cinq pages sur le rôle de la critique et un long développement sur le réalisme. Certains passages avaient en outre été modifiés ou abrégés.

Ces coupures intempestives avaient à ce point altéré le sens du texte que Jules Lemaître écrivit à Maupassant pour lui avouer sa profonde perplexité devant les contradictions qu'il présentait[2] : « Je n'y vois goutte, et je m'en plains. Vous, si lucide d'ordinaire ! Qu'est-ce qui vous est donc arrivé[3] ? » Même réaction, en des termes plus mesurés, chez Léopold Lacour... Maupassant, qui s'était toujours montré très soucieux du respect de sa pensée et de ses textes, entra dans une colère noire et décida sur-le-champ d'intenter un procès au *Figaro*. Il s'en expliqua dans une lettre publique, adressée à Arthur Meyer, le directeur du *Gaulois* : « Ce

1. Périvier opéra avec l'aide de Paul Bonnetain, un des auteurs du manifeste contre *La Terre*.

2. On peut se faire une idée plus précise des coupures opérées par Périvier en se reportant au relevé de l'édition Pléiade des *Romans* de Maupassant.
3. *Corr.*, lettre n° 480. Voir Dossier, p. 175 pour une reproduction de l'ensemble des lettres se rapportant à l'affaire du *Figaro*.

n'est point le procédé grossier et inexplicable du *Figaro* à mon égard qui m'a décidé à cette action contre lui, mais le souci de faire proclamer une fois de plus le droit absolu de tout écrivain de défendre sa pensée, quoi qu'elle vaille, contre tous les *tripatouillages* possibles[1]. »

1. *Corr.*, lettre nº 481.

« DÉFENDRE SA PENSÉE »

Maupassant charge Émile Straus, son avocat et ami, de l'affaire, en le pressant d'intervenir au plus vite, craignant que la discussion ne retombe avant d'avoir vraiment commencé, faute d'une présentation cohérente de son texte. Pris par un sentiment d'urgence devant cette cause « toute d'actualité », le romancier revient à plusieurs reprises sur ce point : « Il ne s'agit point ici d'une affaire ordinaire où le temps importe peu, mais d'une affaire très spéciale où la question de temps passe avant tout[2]. » Maupassant, malgré les soucis familiaux qui l'accablent, se lance alors dans une offensive importante contre *Le Figaro* : entre le 9 et le 23 janvier, il multiplie les démarches et adresse à son avocat cinq longues lettres, où il expose ses doléances et analyse avec précision les dommages subis par son texte.

2. *Ibid.*, lettre nº 482.

De son côté, *Le Figaro* décide de relever le gant. Dans le supplément littéraire du 14 janvier, Périvier précise que l'auteur n'a pas demandé à revoir ses épreuves (mais Maupassant ne relisait jamais ses articles !), et qu'il s'est donc cru autorisé à publier sa version du texte, tout en indiquant que l'étude était sur le point de paraître en volume. Il note enfin qu'au lieu de demander une nouvelle publication de son essai, ce qui lui aurait été accordé, Maupassant a immédiatement annoncé (dans d'autres journaux !) sa volonté de porter l'affaire devant les tribunaux…

Ces déclarations n'étaient pas de nature à apaiser la colère de l'écrivain : le 15 janvier, de Cannes où il s'est rendu pour s'occuper de son frère, il adresse une nouvelle lettre à Émile Straus, en y joignant un exemplaire de *Pierre et Jean* qui mentionne toutes les modifications opérées par Périvier dans l'étude liminaire. Avec une grande précision, il démontre point par point comment ces coupures « modifient absolument le sens » du texte. Maupassant revient notamment sur la suppression de cinq pages consacrées au rôle de la critique, et il montre, textes à l'appui, qu'on a voulu lui faire dire exactement le contraire de ce qu'il entendait. La version tronquée semble en effet indiquer que le critique n'est nullement autorisé à discuter les écoles littéraires, tandis que l'auteur insiste justement sur la nécessité d'une plus grande ouverture du critique. Contre tout dogmatisme, Maupassant affirme que le critique « doit laisser la liberté à toutes les tendances, ayant la mission de les faire comprendre au lecteur, ayant […] le devoir d'avoir une intelligence ouverte à tout, assez large pour discuter tous les arts, sans en condamner un seul, sans se montrer intolérant pour une seule manifestation de la pensée littéraire ». En ces temps de crispation et de polémique, une telle affirmation n'allait pas de soi, et l'on comprend que le romancier ait eu à cœur de défendre ses idées.

CECI N'EST POINT UNE PRÉFACE

De son côté, *Le Figaro* plaida que la publication de cette « préface » était de nature à servir l'écrivain, et que par conséquent, il était autorisé à la modifier. Le journal sous-entendait ainsi que l'essai de Maupassant, même raccourci, constituait une « réclame » avantageuse pour *Pierre et Jean*, et que le romancier était au fond bien malavisé de chercher querelle à son directeur pour quelques coupures… Cet argument, pour faible qu'il soit, donna à l'écrivain l'occasion de préciser sa pensée sur un point important : le texte sur le roman n'est nullement une préface à *Pierre et Jean*, mais une *étude* à part entière sur l'art romanesque en général. Le titre prévu pour cette première parution l'indiquait du reste clairement : « Étude : le Roman[1] ». Il n'est donc nullement question de préface et, par conséquent, cet essai ne peut servir de « réclame » à l'œuvre qui lui est associée, d'autant que les idées qui s'y trouvent exposées, rappelle Maupassant, « comportent la condamnation du roman qui les suit ». Et le romancier de revenir avec insistance sur la nature de son texte : « L'étude que j'ai

1. Pour la parution en volume, le titre sera simplifié et deviendra « Le Roman ».

donnée au *Figaro* n'est point une préface mais une œuvre de critique contenue dans le même volume qu'une œuvre d'analyse. Elles ont à mes yeux une importance égale./Mon étude sur le Roman est si peu une préface à *Pierre et Jean*, que j'ai empêché Ollendorff de se servir de ce mot préface et de l'imprimer. »

Plus loin, l'écrivain souligne à nouveau l'indépendance complète des deux textes, uniquement rapprochés par une nécessité ponctuelle : « Il est tellement indiscutable qu'il n'y a aucun rapport entre l'étude de mœurs *Pierre et Jean* et l'étude littéraire contenue dans le même volume, que j'ai dû, dans la première phrase de la seconde, expliquer comment deux choses si différentes se trouvaient rapprochées [1]. » Maupassant reformule donc sa pensée à plusieurs reprises, soulignant combien il tient à cette dissociation des deux textes, chacun constituant une *œuvre* à part entière, d'importance égale à ses yeux. Reste que l'étude sur le roman a peiné, notamment en raison des avatars de sa publication, à s'imposer parmi les critiques (beaucoup la considèrent encore comme une préface...), tandis que *Pierre et Jean* a rencontré immédiatement le succès que l'on sait.

1. *Corr.*, lettre n° 485.

Au moment de sa parution, l'étude « Le Roman » fut en effet jugée inutile (voir *La Revue politique et littéraire* du 14 janvier 1888) ou brumeuse (*L'Écho de Paris*, 16 janvier 1888). Dans son feuilleton du *Gil Blas*, Paul Ginisty résumait l'esthétique de Maupassant à « l'apologie du simple et du vrai, dans le fond comme dans la forme ». Anatole France trouvait lui aussi simplistes ces « trente pages d'esthétique », estimant que Maupassant faisait « la théorie du roman comme les lions feraient celle du courage, s'ils savaient parler » (« M. Guy de Maupassant critique et romancier[1] »). C'est cependant la lecture de ces pages qui décida Henry James à écrire sa longue étude sur le « cas » Maupassant, publiée dans la *Fortnightly Review* en mars 1888.

1. Voir Dossier, p. 224.

Maupassant écrivit encore deux lettres à Émile Straus, l'une pour défendre le tarif d'un franc à la ligne qu'il avait demandé au *Figaro*, l'autre pour récapituler les circonstances du début de son procès avec le journal. L'ensemble de cette correspondance, qu'on lira avec profit, dessine le portrait d'un écrivain particulièrement vigilant quant au respect de sa pensée, et parfaitement rigoureux dans le maniement des distinctions conceptuelles. Le romancier, en ce début d'année 1888, n'était donc nullement affaibli dans ses capacités intellectuelles, comme certains ont pu le prétendre, et sa combativité en cette affaire est au contraire gage de lucidité.

L'affaire, cependant, n'alla pas jusqu'au procès. Émile Straus dissuada Maupassant de demander cinq mille francs de dommages et intérêts au *Figaro*, et prépara une note que le quotidien accepta de publier, fin janvier, dans ses échos[2]. On avait donc ouvert à l'écrivain cette « porte de sortie » qu'il attendait, et il était enfin possible de s'intéresser serei-

2. Voir Dossier, p. 186 pour la reproduction de cette note.

nement au *contenu* de cette fameuse étude.

UNE RÉFLEXION SUR LA CRITIQUE

« Le Roman » s'ouvre par une négation abrupte : « Je n'ai point l'intention de plaider ici pour le petit roman qui suit. » Au mépris de toute *captatio benevolontiæ*, Maupassant ne prend pas un instant pour présenter *Pierre et Jean* à ses lecteurs, et annonce d'emblée qu'il entend se lancer dans une discussion théorique des plus générales, dont les conclusions pourraient nuire à l'« étude psychologique » que constitue le roman. Voilà qui risquait de décourager les meilleures volontés ! Mais il s'agissait surtout pour le romancier d'affirmer l'indépendance du texte critique et du texte littéraire, et on a pu observer, à l'occasion de la suppression de ces lignes en pré-originale, à quel point il tenait à ce principe d'autonomie.

En s'essayant à développer ses idées sur le roman contemporain, Maupassant marque son intention de se situer dans un vaste débat, inauguré par Zola en 1880 avec *Le Roman expérimental*, suivi des *Romanciers naturalistes* en 1881. La discussion s'était poursuivie avec les *Réflexions sur l'art du roman* de Bourget en 1884, et la préface à *Chérie* de Goncourt, pour en arriver à ce point de crispation que constitue la publication du « Manifeste des Cinq » contre *La Terre*, le 18 août 1887. Avant d'aborder la question du roman, Maupassant accomplit cependant un assez long détour par la critique : comment juger un roman, telle est la première question (biaisée) qu'il se pose.

CONTRE L'INTOLÉRANCE

Dans le premier article de son Salon de 1886[1], Maupassant avait déjà réfléchi sur la tâche du critique, établissant notamment un parallèle entre littérature et peinture, deux formes d'art qui semblent « compréhensibles pour tous, alors qu'elles demeurent ignorées de presque tous ». Le chroniqueur fustigeait alors l'arrogance des critiques, qui, malgré leur incompétence notoire, n'hésitent pas à délivrer les jugements les plus catégoriques. Il s'élevait ainsi contre le fait que le premier venu, sous prétexte qu'il « sait écrire une lettre avec orthographe », puisse juger des écrivains « dont il ne soupçonnera jamais les tortures, les intentions, les combinaisons, le martyre secret pour donner aux mots la vie mystérieuse de l'art ». Dans cet article, Maupassant revendiquait pour sa part un regard ignorant (et donc innocent), avant de proposer à son lecteur une visite du Salon dénuée des préjugés traditionnels de la critique. Toute véritable appréciation de l'art, soulignait-il, passe par une éducation de l'œil, ce sens « aussi impressionnable, aussi raffiné que l'oreille d'un musicien subtil »,

1. « Au salon », *Chr.*, II, p. 1073-1078.

susceptible de procurer des joies infinies...

Dans « Le Roman », Maupassant adopte un ton moins caustique pour réfléchir sur le rôle de la critique. Il se contente de rappeler dans un premier temps la nécessaire indépendance de celle-ci par rapport à toute école, à toute famille d'artistes. Il n'existe en effet aucune norme préétablie, aucune règle déterminée pour juger de la qualité d'un roman : ce genre est, dans son essence, fondamentalement libre et divers. À l'appui de cette idée, au demeurant assez commune, l'auteur se lance dans une longue énumération d'œuvres romanesques, citant pêle-mêle l'abbé Prévost, Cervantès, Goethe, Dumas, Flaubert ou Feuillet. Autant d'auteurs qui n'ont rien en commun, sinon... d'être des romanciers. Impossible donc d'établir des critères pour définir un roman, à moins d'être « enrégimenté dans une école » et de perdre toute impartialité. Ce rejet des écoles vaut également pour l'écrivain lui-même, qui entend se distinguer des romanciers qui condamnent systématiquement les œuvres éloignées de leur esthétique propre. Les sous-entendus, dans ce passage, sont assez explicites : pour le critique comme pour le romancier Maupassant, il ne saurait être question de restreindre son point de vue à la doctrine naturaliste, ce qu'il reproche notamment à Zola.

« LE TALENT PROVIENT DE L'ORIGINALITÉ »

En définitive, il ne subsiste pour juger de la qualité d'un roman que deux critères valables, qui peuvent être ramenés à un seul. Le premier de ces critères est la nouveauté : au lieu d'évaluer une œuvre en fonction de principes figés, il faudrait se demander dans quelle mesure elle s'éloigne des modèles préexistants. S'appuyant sur les exemples de Hugo et de Zola, Maupassant esquisse alors une intéressante théorie de l'écart : est digne d'admiration et de respect tout écrivain qui est porteur d'une « manière nouvelle », qui est à l'*origine* de quelque chose de neuf. L'originalité est donc indissociable d'une conception personnelle de l'art, ellemême solidaire d'un *tempérament* particulier. Les notions de tempérament, d'originalité ou de personnalité, reprises plusieurs fois dans cette étude, apparaissent équivalentes sous la plume de Maupassant. Sur ce point, il se rapproche de Zola et de la célèbre formule de 1865 : « Une œuvre d'art est un coin de la création vu à travers un tempérament. » L'auteur de *Germinal* se référait sans doute dans cette affirmation à un texte fondamental de Champfleury, concernant la nécessaire interprétation que constitue toute œuvre réaliste : « L'homme, quoi qu'il fasse pour se rendre l'esclave de la nature, est toujours emporté par son tempérament particulier qui le tient depuis les ongles jusqu'aux cheveux et qui le pousse à rendre la nature suivant l'impression qu'il en reçoit[1]. »

S'ensuit un second critère pour juger de la qualité d'une œuvre, celui de sa « valeur artiste » (p. 47). Sur ce point, Maupassant ne peut que rester flou : nulle théorie du beau, nulle esthétique au sens classique chez lui, ce qui est logique pour qui fait de l'*originalité* la clef de voûte de sa pensée. On croit entendre ici la voix de Flaubert, que l'on retrouvera plus nettement à la fin de l'essai. Maupassant laisse donc au créateur une entière liberté, pourvu qu'il exprime une personnalité véritable, un talent réel. Et le résultat ne doit être apprécié qu'en fonction de cette singularité, et non selon la tendance à laquelle l'écrivain se rattache.

Dans cette perspective, le bon juge est celui qui fait preuve de l'ouverture et de l'indépendance d'esprit les plus grandes. Le critique doit ainsi parvenir à éviter le double écueil des idées préconçues et de la facilité, qui le conduirait à confondre son métier avec ses préférences personnelles. À l'inverse, le mauvais critique est celui qui réagit à la manière du lecteur non averti, c'est-à-dire en fonction de son seul affect, de ses seuls désirs. Or Maupassant, qui cultive sur ce point un élitisme tout flaubertien, n'a guère d'estime pour la masse de ses lecteurs, qu'il traite avec un certain mépris, ainsi que le révèle le raccourci opéré dans la chronique de 1886 : « Le public ? Si les critiques sont

1. « L'aventurier Challes », recueilli dans *Le Réalisme*.

relativement incompétents, les passants le sont radicalement[1]. »

1. « Au salon », *Chr.*, II, p. 1074.

Dans l'ensemble, ces quelques pages développent des idées assez simples, voire communes pour le lecteur d'aujourd'hui. Ce n'est pourtant pas sans finesse et sans habileté que progresse Maupassant : en affirmant que toutes les tendances se valent et qu'elles sont également dignes de respect, le romancier fait preuve d'une grande prudence à l'égard de ses contemporains. Mais en soulignant que ces « théories d'art » sont nées d'« idées générales » dénuées de valeur intrinsèque, il remet discrètement en cause les écoles littéraires.

La réflexion que propose « Le Roman » sur le rôle de la critique n'est pas non plus dépourvue d'originalité : en plaidant pour plus de sérieux et d'objectivité, Maupassant se rapproche d'un Brunetière, dont il respectait par ailleurs les avis sur son propre travail. Mais en récusant toute hiérarchie des valeurs et des tendances, le romancier s'écarte de la conception dogmatique du chroniqueur de *La Revue des Deux Mondes*. Ses exigences l'éloignent également de la critique subjective de Jules Lemaître ou d'Anatole France, qui placent tous deux l'émotion esthétique au principe de l'appréciation d'une œuvre. Pour l'auteur du *Lys rouge*, il faut ainsi se laisser guider en premier lieu par « l'effet que produisent les livres », et le bon critique est celui qui « qui raconte les aventures de son âme au milieu des chefs-d'œuvre[1] ». Dans son article sur *Pierre et Jean*, France réagit d'ailleurs vivement à la rigueur des positions adoptées par Maupassant. Il lui reproche notamment de faire du critique un véritable « ilote », auquel il est interdit de rien sentir. Privé des « troubles de la chair [et] des émotions du cœur », le critique maupassantien mènerait une vie « plus triste que la mort[2] ». Cette appréciation, bien qu'excessive, souligne clairement la différence de points de vue des deux écrivains.

1. Anatole France, préface à *La Vie littéraire*, 4e série.

2. « M. Guy de Maupassant critique et romancier », *op. cit.*

En définitive, Maupassant adopte dans « Le Roman » une position médiane sur le rôle de la critique : contre le dilettantisme, il affirme la nécessité d'une critique plus rigoureuse et objective ; contre le dogmatisme, il condamne l'intolérance des écoles littéraires et refuse toute hiérarchie des tendances. Sa réflexion sur le réalisme témoigne du même souci de mesure.

CE QUE FAIRE VRAI VEUT DIRE

Afin d'illustrer la diversité des écoles et des procédés littéraires auquel le critique peut être confronté, Maupassant analyse deux tendances très différentes du roman contemporain. La distinction qu'il propose se fonde sur le rapport que ces deux types de roman entretiennent avec la vérité.

ROMAN POPULAIRE ET ROMAN RÉALISTE

D'un côté, le roman populaire (le roman-feuilleton aussi bien que le « roman de la vertu »), peu soucieux du respect de la vérité, place au premier plan de ses préoccupations la satisfaction de son lectorat ; de l'autre, le roman réaliste s'efforce de nous donner « une image exacte de la vie » (p. 49).

Le roman-feuilleton est né en 1836 avec la presse moderne. Il visait d'abord un public bourgeois, avant de se populariser rapidement. Il doit son nom à son mode de parution quotidien dans divers journaux. Les romans-feuilletons étaient souvent très longs, fondés sur des intrigues complexes et pleines de rebondissements. Les concepteurs de cette littérature « industrielle » n'hésitaient pas à multiplier péripéties et coups de théâtre, le principe consistant à tenir en haleine le lecteur, sans cesse renvoyé à la « suite au prochain numéro ». Les personnages, pleins de bons sentiments, étaient confrontés à des situations éminemment dramatiques, avant que le dénouement ne vienne apaiser tout conflit. On peut citer, parmi les plus célèbres feuilletonistes, Alexandre Dumas (*Le Comte de Monte-Cristo*) et Eugène Sue (*Les Mystères de Paris*).

Quant au roman honnête ou « roman de la vertu », il reprenait toujours les mêmes histoires, situées dans un cadre indéfini, en s'appuyant sur des personnages irréprochables, injustement frappés par le destin. Mais le devoir et la vertu triomphaient toujours de l'injustice et du malheur, conduisant là encore à des dénouements heureux. On peut citer comme exemple de cette littérature le *Roman d'un jeune homme pauvre* d'Octave Feuillet (1858). Moralisateurs et de « bon goût », ces romans étaient fort appréciés des institutions, et Feuillet fut ainsi accueilli à l'Académie française en 1862.

Le roman populaire n'a de cesse de « transformer la vérité » et de « manipuler les événements » afin de construire l'intrigue la plus palpitante possible, quitte à la compliquer inutilement. Le plan de ce type de roman se présente comme « une série de combinaisons ingénieuses conduisant avec adresse au dénouement », lequel ne peut qu'être artificiel. Le but premier — et avoué — de cette littérature facile est de satisfaire les attentes d'un public précis, en lui apportant émotion et plaisir. Maupassant se montre très critique à l'égard de ces livres, qui reposent sur des « ficelles » bien trop apparentes, également ridiculisées par Flaubert à travers les lectures d'Emma Bovary. L'auteur de *Pierre et Jean* souligne enfin que le plaisir apporté par de telles « histoires » ne saurait être qu'éphémère, le dénouement les clôturant « si complètement [...] qu'on ne désire plus savoir ce que deviendront, le lendemain, les personnages les plus attachants » (p. 49).

À l'opposé de cette tendance, se trouvent les romanciers réalistes, appliqués à reproduire fidèlement le spectacle de la vie. Ce souci de la vérité exclut bien sûr le recours aux péripéties invraisemblables du roman populaire, et implique une composition simple : ce n'est pas l'intrigue qui doit retenir l'attention du lecteur, mais la « vision personnelle du monde » que l'auteur cherche à lui communiquer à travers son œuvre, en se fondant sur ses propres observations de la vie. En résumé, « l'humble vérité », pour reprendre le sous-titre d'*Une vie*, est fille de la simplicité, et la seule « recette » que Maupassant consente à donner est la suivante : le romancier réaliste « prendra son ou ses personnages à une certaine période de leur existence et les conduira, par des transitions naturelles, jusqu'à la période suivante » (p. 50).

LA VÉRITÉ EN QUESTION

L'opposition que souligne Maupassant entre les procédés du roman populaire et ceux du roman réaliste est massive et ne pose guère de problème. Sa formulation permet cependant à l'auteur de progresser vers une idée plus subtile et de remettre en question, sans qu'il y paraisse, certains articles de foi naturaliste. En effet, l'appréhension de la vérité, pierre de touche de cette doctrine résumée par la formule « Rien que la vérité et toute la vérité », n'est pas aussi aisée qu'il y paraît. Transcrire la « vérité » du réel impliquerait en effet de raconter tous les événements de la vie d'un ou de plusieurs personnages, dans l'ordre de leur apparition, et dans les moindres détails. Une telle entreprise est bien sûr impossible, à moins d'y consacrer « un volume au moins par journée » (p. 51). Henry Céard, dans une œuvre précisément intitulée *Une belle journée*, s'y était bien essayé, en racontant en trois cents pages et dans les limites d'un seul jour l'histoire d'un adultère avorté, mais cette tentative est jugée stérile par Maupassant. Un choix s'impose, première entorse au respect de « toute la vérité ». De plus, le déroulement d'une vie, toujours pleine d'accidents et d'imprévus, ne saurait être linéaire. Or le romancier, tout en s'efforçant de faire une place au hasard dans son œuvre, doit donner à son histoire une apparence logique. Il devra donc nécessairement ordonner les événements de son récit en fonction d'une perspective cohérente : « Voilà pourquoi l'artiste, ayant choisi son thème, ne prendra dans cette vie encombrée de hasards et de futilités que les détails caractéristiques utiles à son sujet, et il rejettera tout le reste, tout l'à-côté » (p. 52). Enfin, la plupart des événements qui composent notre existence ne sont ni réguliers ni préparés ; or, il appartient au contraire au romancier de donner à son livre rythme et organisation. Sans avoir recours aux grossières « ficelles » de l'intrigue, il doit savoir « ménager des transitions savantes et dissimulées, [afin de] mettre en pleine lumière, par la seule adresse de la composition, les événements essentiels ».

Le romancier doit donc traiter, voire « corriger » la vérité en accomplissant des choix dans son observation du réel, en y ajoutant de l'ordre et de la logique. Autrement dit, il s'appliquera à rendre cette vérité *vraisemblable*, fût-ce au détriment de celle-ci, puisque l'on sait depuis Boileau que « le vrai peut quelquefois n'être pas vraisemblable ». Afin de rendre sa vision du monde plus convaincante que la réalité elle-même, il sera même autorisé à faire plus vrai que nature, à condition de rester dans les limites de la vraisemblance. Ainsi, Maupassant indique clairement que toute reproduction du réel passe par une interprétation de celui-ci. Cette limite avait déjà été soulignée par Champfleury en 1854 : « La reproduction de la nature par l'homme ne sera jamais une *reproduction* ni une *imitation*, ce sera toujours une *interprétation*[1]. » Zola lui-même avait parfaitement conscience qu'une photographie exacte de la vie était impossible, et il était le premier à reconnaître qu'entre le réel et l'œil de celui qui l'observe subsiste toujours un « écran » plus ou moins déformant.

1. « L'aventurier Challes », *op. cit.*

LE RÉALISME N'EST QU'UN ILLUSIONNISME

Maupassant franchit une étape supplémentaire en indiquant que le réaliste ne pourra fournir à son lecteur qu'une « illusion complète du vrai », et qu'à ce titre, il mériterait davantage le nom d'illusionniste : « j'en conclus que les Réalistes de talent devraient s'appeler plutôt des Illusionnistes » (p. 52). Une telle affirmation, qui occupe dans l'essai une place centrale, constitue une provocation à l'égard des naturalistes. En effet, l'auteur de *Pierre et Jean* ne se borne pas à remettre en question la capacité du romancier à reproduire la réalité ; c'est la réalité elle-même qu'il révoque brutalement en doute : « Quel enfantillage, d'ailleurs, de croire à la réalité puisque nous portons chacun la nôtre dans notre pensée et dans nos organes » (*ibid.*).

Cette idée de la relativité de toute connaissance est maintes fois reprise dans l'œuvre de Maupassant[1], et constitue l'un des fondements de son pessimisme. L'homme, esclave de ses sens, est incapable d'atteindre la vérité du réel. Sa constitution organique l'enferme à tout jamais dans un univers extraordinairement limité et de surcroît douteux, chaque organe imposant à l'esprit sa « manière de voir ». Notre vision du monde étant entièrement subordonnée à la disposition de nos sens, il est impossible que nous la partagions avec notre voisin le plus proche : « tout est incertain et appréciable de manières différentes » (« Lettre d'un fou »), ou pour reprendre la formule pascalienne : « Vérité en deçà des Pyrénées, erreur au-delà. »

1. Voir notamment la « Lettre d'un fou », *CN*, II, p. 461-466.

Ces idées s'inscrivent dans une longue tradition de philosophie sensualiste, que la fin du XIXe siècle et la naissance de la psychologie remettent au goût du jour. Maupassant s'inspire également de deux autres philosophes à la mode dans les milieux littéraires des années 1880 : Herbert Spencer et Arthur Schopenhauer, que de récentes traductions permettaient de découvrir. Dans les *Premiers principes* de Spencer, que possédait le romancier, on trouve en effet l'affirmation du caractère nécessairement relatif de notre connaissance : « Au fond même de la vie, nous retrouvons la relativité de notre connaissance. Non seulement l'analyse des actions vitales nous conduit à conclure que les choses en soi ne peuvent nous être connues, mais elle nous apprend que leur connaissance, si elle était possible, serait sans utilité[1]. » Quant à Schopenhauer, radicalisant l'idéalisme transcendantal de Kant, il montrait dans *Le Fondement de la morale* que le monde est notre représentation, autrement dit une illusion : « Du point de vue tout subjectif où reste nécessairement placée notre conscience, chacun est à lui-même l'univers entier : tout ce qui est objet n'existe pour lui qu'indirectement, en qualité de représentation du sujet ; si bien que rien n'existe, sinon en tant qu'il est dans la conscience. Le seul univers que chacun de nous connaisse réellement, il le porte en lui-même comme une représentation qui est à lui ; c'est pourquoi il en est le centre[2]. » Par rapport à Schopenhauer, Maupassant situe cependant plus clairement l'origine de cette limitation dans les organes eux-mêmes, dans la conformation du corps humain qui est pour lui bien davantage qu'une « pure représentation du sujet connaissant ».

1. Herbert Spencer, *Premiers principes*, Germer-Baillière, 1871, p. 92.

2. Arthur Schopenhauer, *Le Fondement de la morale*, Germer-Baillière, 1879, p. 105.

Ce relativisme, exposé dans l'essai sur le roman de façon très schématique, conduit Maupassant à affirmer que tout écrivain ne peut se faire qu'une illusion particulière du monde. Suivant la nature de son tempérament, cette illusion sera poétique, sentimentale, joyeuse ou mélancolique, sans qu'il soit possible de hiérarchiser ces différentes visions, qui se valent toutes : « Ne nous fâchons donc contre aucune théorie puisque chacune d'elles est simplement l'expression généralisée d'un tempérament qui s'analyse » (p. 53). L'auteur revient ainsi par un autre biais au principe de tolérance énoncé dans la première partie de son étude. Chemin faisant, il a cependant précisé ses critiques à l'égard du naturalisme zolien, et fait de la relativité du réel un axe essentiel de sa réflexion.

ROMAN D'ANALYSE ET ROMAN OBJECTIF

Une deuxième opposition permet à Maupassant de progresser dans son raisonnement, tout en précisant ses propres positions. Dans une troisième partie de son étude, l'auteur oppose en effet roman objectif et roman d'analyse.

MÉTAPHYSICIENS ET METTEURS EN SCÈNE

Ces deux tendances du roman avaient déjà été distinguées dans une chronique du *Gil Blas*, intitulée « Les subtils » (3 juin 1884) : « Les uns, qui sont purement des *objectifs*, au lieu de mettre à jour la psychologie des personnages en des dissertations explicatives, la font simplement apparaître par leurs actes. Les dedans se trouvent ainsi dévoilés par les dehors, sans aucune argumentation psychologique. Les autres, comme M. Paul Bourget, font pour ainsi dire la géographie morale des gens qu'ils présentent au lecteur et ils entrent jusqu'au profond de leur âme pour dévoiler les mobiles de leurs actions. On pourrait appeler ceux-ci des métaphysiciens, et ceux-là des metteurs en scène[1]. » Le roman de mœurs se contente de décrire et de « mettre en scène » le monde extérieur de la manière la plus objective possible, tandis que le roman d'analyse ou roman « métaphysique » s'efforce d'explorer « l'obscur et inextricable labyrinthe des phénomènes psychologiques et physiologiques[2] ». Du reste, souligne Maupassant, l'intrigue de ce type de roman n'a que peu d'importance, l'ensemble étant subordonné à l'examen de la vie inconsciente des personnages. Le travail du romancier s'apparente alors à celui d'un « philosophe composant un livre de psychologie » (p. 53), et il exige de la part du lecteur un effort soutenu d'attention et de pensée. La chronique « Les subtils » suggère cependant que cette tendance à la spéculation risque d'éloigner de tels « métaphysiciens » du champ littéraire… Une telle mise en garde valait notamment pour Paul Bourget, qualifié de « penseur » et d'« observateur profond et mélancolique » du monde dans les quelques paragraphes que lui consacre Maupassant dans cette chronique.

1. « Les subtils », *Chr.*, I, p. 853 (voir Dossier, p. 187).

2. *Ibid.*, p. 852.

Paul Bourget, que Maupassant rencontre en 1877 à la rédaction du journal *La République des Lettres*, contribue à remettre à la mode le roman psychologique vers 1880. Cette tendance bénéficie d'un regain d'intérêt de plus en plus sensible, favorisé par un contexte épistémique en pleine mutation, qui tend à faire de la psychologie une véritable science. Il faudrait s'attarder sur le rôle joué par Taine dans la formation intellectuelle du jeune Bourget, qui suit avec assiduité les cours du philosophe à l'Académie des beaux-arts. Aussi retrouve-t-on de nombreuses traces de la doctrine de la pluralité du moi dans ses romans, et sa dette à l'égard de Taine est notamment rappelée dans la dédicace d'*André Cornélis*. Plus généralement, et dès *Cruelle énigme* (1884), l'œuvre de Bourget se présente comme une réaction contre le naturalisme, censé ne s'attacher qu'aux déformations de la nature aux dépens de l'intériorité des êtres, en privilégiant la physiologie sur la psychologie. Bourget, qui trouve en Stendhal un prédécesseur admiré, entend au contraire étudier les méandres de l'âme moderne, scruter le cœur humain dans tous ses détours. Ce faisant, il met en application les idées progressivement exposées dans ses *Essais de psychologie contemporaine* (1881-1885), où il s'efforce de ramener l'étude critique d'une œuvre à l'organisation affective de l'écrivain.

L'approche objective, qui s'efforce pour sa part de dissimuler la psychologie dans le récit, comme elle l'est dans les événements de la vie, remporte les faveurs de Maupassant. Les raisons de cette préférence sont à la fois d'ordre pratique et théorique. Tout d'abord, le roman objectif, en privilégiant l'extériorité sur l'analyse des mouvements intimes, « gagne de l'intérêt, du mouvement dans le récit, de la couleur, de la vie remuante » (p. 54). En un mot, il est plus vivant que le roman d'analyse qui dissèque en de longues dissertations les mobiles les plus secrets de ses personnages. De plus, en faisant de la psychologie la « carcasse » (*ibid.*) invisible de ses œuvres, ainsi que Flaubert y était parvenu [1], le romancier gagne en sincérité et en naturel : « les gens que nous voyons agir autour de nous ne nous racontent point les mobiles auxquels ils obéissent » (*ibid.*).

1. Voir sur ce point l'éloge inclus dans l'article qui sert de préface aux *Lettres à George Sand* de Gustave Flaubert, *Chr.*, I, p. 759-795.

LA BARRIÈRE DES SENS

Maupassant avance une dernière objection, d'ordre théorique cette fois, à la méthode analytique. Le romancier psychologue, quel que soit son talent d'observation et de pénétration, ne peut prétendre se substituer à tous les personnages qu'il crée. Son intelligence, tout entière subordonnée à ses propres perceptions, ne saurait en effet se « transporter » dans des êtres aussi différents de lui. Aussi est-ce toujours plus ou moins à sa propre image qu'il les façonne... À nouveau, Maupassant a donc recours à la thèse relativiste pour souligner le mensonge que constitue toute entreprise de psychologie fictive : « Notre vision, notre connaissance du monde acquise par le secours de nos sens, nos idées sur la vie, nous ne pouvons que les transporter en partie dans tous les personnages dont nous prétendons dévoiler l'être intime et inconnu » (p. 55). De ce point de vue, il est également impossible pour le romancier naturaliste de prétendre « disparaître complètement derrière l'action qu'il raconte » et se muer en observateur impartial, ainsi que le souhaitait Zola. Qu'il le veuille ou non, le romancier sera toujours présent dans sa création et dans le regard que ses personnages portent sur le monde : la moindre des choses consiste à l'admettre, puis à ne pas laisser reconnaître trop facilement ce *moi* qu'on ne peut museler.

En somme, c'est toujours la notion de *vision* personnelle qui revient sous la plume de Maupassant, servant aussi bien d'argument en faveur de la tolérance que d'objection à certaines tendances du roman contemporain. L'ambivalence de cette notion est en effet remarquable chez cet écrivain, qui accorde à la vue un statut complexe. D'une part, l'auteur souligne régulièrement la faiblesse de ce sens trompeur par excellence : l'œil, perdu entre deux infinis, se révèle aussi incapable de discerner le plus lointain que le plus petit, de sorte que l'univers presque entier lui demeure inconnu[1]. Ces réflexions sont notamment développées dans les deux versions du *Horla*. Dans la première, le malade s'adresse en ces termes à ses auditeurs : « [...] notre œil, Messieurs, est un organe tellement élémentaire qu'il peut distinguer à peine ce qui est indispensable à notre existence. Ce qui est trop petit lui échappe, ce qui est trop grand lui échappe, ce qui est trop loin lui échappe. Il ignore les milliards de petites bêtes qui vivent dans une goutte d'eau. Il ignore les habitants, les plantes et le sol des étoiles voisines ; il ne voit pas même le transparent[2]. » Dans la seconde version du *Horla*, publiée en mai 1887, soit quelques mois

1. Voir sur ce point la première partie de l'ouvrage de Laurent Dubreuil, *De l'attrait à la possession*, Hermann, 2003.

2. *CN*, II, p. 829.

avant *Pierre et Jean*, le diariste se plaint à son tour de « nos yeux qui ne savent apercevoir ni le trop petit, ni le trop grand, ni le trop près, ni le trop loin, ni les habitants d'une étoile, ni les habitants d'une goutte d'eau [1] ». Ainsi, dans les contes fantastiques, Maupassant accumule les preuves de l'insuffisance de la vision, parallèlement à la mise en scène de mystérieux phénomènes, présentés comme des manifestations de l'Invisible... Dans cette perspective, le surgissement de l'étrange n'est que la conséquence d'une carence ontologique envisagée de manière on ne peut plus rationnelle.

1. *Ibid.*, p. 914.

Il en va tout autrement de la vision personnelle du monde que se fait le romancier. L'écrivain qui sait reconnaître la faiblesse de son sens visuel détient aussi les clefs de l'originalité : qu'il éduque son regard, qu'il s'efforce de renverser la « barrière matérielle » qui emprisonne son intelligence, et, à force d'observation et de patience, il deviendra un maître. C'est la leçon de Flaubert que développe Maupassant, dans une quatrième et dernière partie de son étude.

L'HOMMAGE À FLAUBERT

Maupassant termine cette réflexion sur le roman par un hommage à deux écrivains auxquels il doit sa persévérance : Louis Bouilhet et Gustave Flaubert.

Louis Bouilhet (1822-1869) fut le correspondant de Maupassant lorsque celui-ci était en classe de rhétorique au collège de Rouen, en 1868. Bibliothécaire de son état, Bouilhet rencontra quelque succès grâce à des œuvres dramatiques, et Flaubert, dont il fut l'ami intime, préfaça ses recueils de poèmes chez Lemerre. Mais l'auteur de *Festons et astragales* peina à s'imposer parmi les écrivains de son temps, en raison notamment de son caractère provincial. « Son grand malheur est d'avoir toujours été pauvre, ou d'être venu trop tard à Paris », relève Maupassant dans une chronique chargée de souvenirs personnels, où il évoque ses rencontres régulières avec l'écrivain : « Pendant six mois, je le vis chaque semaine, tantôt chez lui, tantôt chez Flaubert. Timide en public, il était, dans l'intimité, débordant d'une verve incomparable, d'une verve nourrie, de grande allure classique, pleine de souffle épique et de finesse en même temps [1]. » Dans « Le Roman », Maupassant revient en quelques lignes sur les leçons d'une telle fréquentation. Celles-ci peuvent se résumer à un seul impératif : le travail, acharné et continuel, et l'autocensure en termes de publication, cent vers irréprochables valant mieux que dix volumes médiocres.

L'hommage à Flaubert, seconde figure tutélaire essentielle dans l'évolution de Maupassant, prend alors toute sa valeur. Rappelons que l'auteur de *Madame Bovary* était présent dans la vie du jeune

1. « Louis Bouilhet », *Chr.*, I, p. 561. Voir aussi la chronique « L'amour des poètes », *ibid.*, p. 671-675.

homme depuis ses premières années. Laure de Maupassant, la mère de Guy, poursuivait en effet avec Flaubert une correspondance régulière, où elle n'avait de cesse de vanter les mérites et l'intelligence précoce de son fils aîné. Celui-ci, affirmait-elle, ressemblait de plus en plus à son oncle Alfred Le Poittevin, qui avait été, avant Bouilhet, l'ami le plus proche de Flaubert. À la suite de la mort prématurée d'Alfred en 1848[1], Laure et Gustave, réunis par une commune dévotion pour le cher mort, n'eurent de cesse d'entretenir son souvenir dans leurs échanges épistolaires. L'idée d'une « ressemblance » entre le jeune Guy et l'oncle disparu ne pouvait donc manquer de favoriser l'affection immédiate de Flaubert.

1. « J'ai perdu mon conseiller, mon guide », écrivit alors Flaubert à Agénor Bardoux.

À partir de 1873, Maupassant rend régulièrement visite à Flaubert le dimanche, rue Murillo à Paris. Dans une chronique tardive, l'auteur d'*Une vie* évoque l'une de ses premières rencontres avec le Maître : « Quand il me reçut, il me dit avec attention : "Tiens, vous ressemblez à mon pauvre Alfred." Puis il reprit : "Au fait, ce n'est pas étonnant puisqu'il était le frère de votre mère." Il me fit asseoir et m'interrogea. Ma voix, paraît-il, avait des intonations semblables à celles de la voix de mon oncle ; et tout à coup je vis les yeux de Flaubert pleins de larmes. Il se dressa, enveloppé des pieds à la tête dans cette grande robe brune à larges manches qui ressemblait à un froc de moine, et levant ses bras, il me dit d'une voix vibrante de l'émotion du passé : "Embrassez-moi, mon garçon, ça me remue le cœur de vous voir. J'ai cru tout à l'heure que j'entendais parler Alfred." [...] J'étais pour lui une sorte d'apparition de l'Autrefois[1]. »

Ce pittoresque récit donne la mesure de l'affection que Flaubert ressent très tôt pour le jeune homme[2]. Après avoir obtenu pour lui une place d'employé au ministère de la Marine, il lui prodigue des années durant les conseils les plus attentifs, relisant ses vers (qu'il juge mauvais...), ses pièces de théâtre (qui ne le convainquent guère non plus, mais dont il tente malgré tout de favoriser la représentation), ses farces scatologiques (qu'il apprécie en revanche beaucoup), et surtout ses premiers contes, qualifiant notamment *Boule de suif* de chef-d'œuvre, avant de mourir en mai 1880.

« Le Roman » offre une présentation à la fois modeste et synthétique de ces années : « Flaubert, que je voyais quelquefois, se prit d'affection pour moi. J'osai lui soumettre quelques essais. [...]/Pendant sept ans je fis des vers, je fis des contes, je fis des nouvelles, je fis même un drame détestable. Il n'en est rien resté. Le maître lisait tout, puis le dimanche suivant, en déjeunant, développait ses critiques et enfonçait en moi, peu à peu, deux ou trois principes qui sont le résumé de ses longs et patients enseignements » (p. 57-58).

Ces « deux ou trois principes » reprennent en grande partie l'impératif de travail déjà énoncé par Bouilhet : « le talent n'est

1. « Gustave Flaubert », *Chr.*, II, p. 1284-1290.

2. Pour une présentation synthétique des relations des deux écrivains, voir l'article de Louis Forestier, « "*Bref, c'est mon disciple*", le cas Flaubert-Maupassant », *Romantisme*, n° 122, SEDES, 2003, p. 93-105.

1. Dans « Le Roman », Maupassant attribue faussement ce mot à Chateaubriand ; il avait commis la même erreur dans la lettre à Maurice Vaucaire (voir Dossier, p. 190).

qu'une longue patience. Travaillez », lui enjoint Flaubert, suivant un mot de Buffon qu'il aimait à citer lui-même [1]. Et ce que le jeune écrivain doit avant tout travailler et faire progresser, ce n'est pas la souplesse de son style, mais la qualité de son regard sur le monde. L'œil, malgré ses faiblesses et ses déficiences, détient en effet un pouvoir merveilleux, celui de découvrir de l'inconnu dans les choses les plus banales, à condition de les observer avec attention. Cette acuité du regard peut être développée grâce à des « exercices » proches de la pratique du croquis : « [Flaubert] me forçait à exprimer, en quelques phrases, un être ou un objet de manière à le particulariser nettement, à le distinguer de tous les autres êtres ou de tous les autres objets de même race ou de même espèce./Quand vous passez, me disait-il, devant un épicier assis sur sa porte, devant un concierge qui fume sa pipe [...], montrez-moi cet épicier et ce concierge, leur pose, toute leur apparence physique contenant aussi, indiquée par l'adresse de l'image, toute leur nature morale, de façon à ce que je ne les confonde avec aucun autre épicier ou avec aucun autre concierge » (p. 58-59). Flaubert apprit ainsi à Maupassant à voir, et celui-ci n'oublia jamais ses leçons. Plus qu'aucun autre, l'auteur d'*Une vie* met en effet le regard au principe de toute création : dans « La nuit », il remarque ainsi que « chez le romancier, la vision, en général, domine. Elle domine tellement qu'il devient facile de reconnaître à la lecture de toute œuvre travaillée et sincère les qualités et les propriétés physiques du regard de l'auteur [1] ». Voir juste, tout est là. Voir, plus encore, au-delà de ce que le commun des êtres oublie de contempler. Cultiver l'acuité de ce regard, de sorte qu'il ne puisse confondre un grain de sable avec un autre son voisin, une mouche avec une autre, de sorte encore qu'il puisse plus tard distinguer, sur telle coupole de Kairouan, « une féerie de nuances mystérieuses, qui semblent évoquées plutôt qu'apparues, illusoires plus que réelles, et si fines, si délicates, si noyées dans ce blanc de neige qu'elles ne s'y montrent pas tout de suite, mais après l'éblouissement et la surprise du premier regard [2] ».

1. « La nuit », *La Vie errante*, La Table ronde, 2000, p. 36.

2. « Vers Kairouan », *ibid.*, p. 209.

Cette éducation du regard, pour Flaubert comme pour Maupassant, va de pair avec l'apprentissage du style. Qui apprend à voir développe dans le même temps ses qualités d'écriture : les « idées sur le style » de Flaubert ont ainsi « de grands rapports avec la théorie de l'observation » que l'auteur vient de rappeler (*ibid.*). En effet, une vision précise ne saurait s'accommoder d'un langage approximatif, et le romancier doit inlassablement rechercher le mot juste, le seul qui corresponde exactement à sa perception du monde. Dans ce passage, Maupassant reprend presque mot pour mot les termes de sa préface aux *Lettres de Flaubert à George Sand.* Voici ce qu'il écrivait alors à propos du style de son Maître : « Obsédé par cette croyance absolue qu'il n'existe qu'une manière d'exprimer une chose, un mot pour la dire, un adjectif pour la qualifier et un verbe pour l'animer, il se livrait à un labeur surhumain pour découvrir, à chaque phrase, ce mot, cette épithète et ce verbe[1]. »

1. *Chr.*, I, p. 759-795.

ÉLOGE DE LA TRANSPARENCE

Cette sobriété et cette exigence extrême s'opposent aux raffinements de l'« écriture artiste », que Maupassant juge excessifs : ces « clowneries de langage » ne sont bonnes selon lui qu'à contourner la difficulté. Contre les Goncourt, l'auteur de l'essai sur le roman souligne que la qualité d'un style ne se reconnaît pas au nombre de ses néologismes, mais à la construction harmonieuse de ses phrases. L'unité de mesure à adopter ne doit donc pas être trop brève (le mot ou l'expression) ; elle doit correspondre à une respiration naturelle de la langue (la phrase). « Efforçons-nous, conclut Maupassant, d'être des stylistes excellents plutôt que des collectionneurs de termes rares » (p. 60).

Ces remarques acerbes, qui visaient sans doute davantage les imitateurs du « style artiste » que leur créateur, provoquèrent la colère d'Edmond de Goncourt. Ce dernier s'épancha dans son journal, à travers une virulente critique du « non-style » de celui qu'il appelle avec mépris « le Normand » : « Dans la préface de son nouveau roman, Maupassant, attaquant l'écriture artiste, m'a visé, sans me nommer. [...] Ça peut être un très habile *novelliere* de la Normandie à la façon de Monnier ; mais ce n'est pas un écrivain, et il a ses raisons pour rabaisser l'*écriture artiste*. L'écrivain, depuis La Bruyère, Bossuet, Saint-Simon, en passant par Chateaubriand et en finissant par Flaubert, signe sa phrase et la fait reconnaissable aux lettrés, sans signature, et on n'est grand écrivain qu'à cette condition : or, une page de Maupassant n'est pas signée, c'est tout bonnement de la bonne copie courante appartenant à tout le monde[1]. »

Goncourt avait ses raisons d'être amer et brutal... En réalité, le style de Maupassant, pour être naturel, n'en constitue pas moins le comble de la recherche et de l'artifice. Ainsi que l'a remarquablement montré Michel Crouzet[2], cette écriture qui s'efforce d'ignorer la rhétorique ne peut s'en passer. Sa « stratégie » imperceptible consiste à déranger le lecteur dans ses certitudes, à le conduire à s'interroger sans lui fournir de réponse, bref à introduire le doute dans son esprit. Mais une telle rhétorique ne peut être efficace qu'à condition d'être discrète. Aussi « Le Roman » s'achève-t-il sur un éloge de la transparence souvent cité : « La langue française, d'ailleurs, est une eau pure que les écrivains maniérés n'ont jamais pu et ne pourront jamais troubler. Chaque siècle a jeté dans ce courant limpide ses modes, ses archaïsmes prétentieux et ses préciosités, sans que rien

1. Edmond de Goncourt, *Journal*, 9 janvier 1888.

2. « Une rhétorique de Maupassant ? », *Revue d'histoire littéraire de la France*, mars-avril 1980, p. 233-262.

surnage de ces tentatives inutiles, de ces efforts impuissants. La nature de cette langue est d'être claire, logique et nerveuse » (*ibid.*).

L'« art d'écrire » que propose Maupassant dans la fin de son étude comprend également une ultime critique voilée du naturalisme. Celui-ci, en prétendant à la simple reproduction du réel, était censé n'impliquer aucun effet de style, aucune recherche de construction. En faisant, à la suite de Flaubert, l'apologie du style et du mot juste, Maupassant rappelle *a contrario* que Zola avait selon lui le tort de ne pas se préoccuper suffisamment de son écriture. Ainsi, entre les « chinoiseries » de l'écriture artiste et la brutalité du naturalisme pur, il importait d'indiquer la possibilité d'une troisième voie qui, par son respect de la langue française, apparaît finalement des plus classiques[1].

1. Voir l'article de Guy Larroux, « Maupassant classique », *Maupassant multiple*, 1995, p. 41-47.

UN TEXTE ÉCRAN

L'essai « Le Roman » qui précède *Pierre et Jean* permet donc à Maupassant de préciser ses positions sur de nombreux points essentiels. Il apporte un éclairage indéniable à l'ensemble de sa création romanesque, et permet notamment de mieux comprendre ce qui la distingue du naturalisme. Sur un ton mesuré et prudent, sans jamais céder à la polémique, l'auteur multiplie en effet les réserves à l'égard de la méthode zolienne, s'attaquant tour à tour aux trois grands traits caractéristiques censés la définir. Mais Maupassant ne se contente pas de critiquer ses contemporains : il propose également à ses lecteurs un nouvel « art romanesque » dont le mot d'ordre pourrait être « Soyez originaux ».

En plaçant au centre de sa réflexion la notion de vision personnelle, le théoricien reconnaissait également la perspective singulière adoptée par le romancier de *Pierre et Jean*. En effet, les réserves émises à l'égard du roman d'analyse pure n'entraînent pas, comme Maupassant fait mine de le croire, « la critique du genre d'étude psychologique » publiée dans le même temps. En effet, loin d'exposer de manière didactique et ennuyeuse les « pourquoi de tous les vouloirs » (p. 53) de ses personnages, comme il le reproche à toute une catégorie de romanciers, Maupassant donne vie, de manière aussi objective que possible, aux interrogations de son héros. Les apparentes contradictions que l'on peut relever entre le texte liminaire et le roman lui-même ne doivent donc pas faire oublier tout ce qui les rapproche : si l'enjeu du premier est bien l'affirmation d'un regard personnel, le second en présente, comme en négatif, l'approfondissement vers l'intime.

L'approche structurelle de *Pierre et Jean* nous offrira une preuve supplémentaire de cette convergence entre les deux textes. L'étude s'achève en effet par un éloge de la simplicité : n'est-ce pas elle qui caractérise, en apparence du moins, la construction de ce bref roman ?

III *PIERRE ET JEAN* : UN « PETIT ROMAN »

Comme Maupassant le reconnaissait lui-même dès la première ligne de son essai, *Pierre et Jean* est un « petit roman » (p. 45), formant un « très court » volume [1]. Cette brièveté, s'appliquant à une œuvre qui place au cœur de ses préoccupations le thème de la bâtardise, ne manque pas de faire question, certains y voyant le signe d'une contamination entre deux genres que l'écrivain s'était appliqué jusque-là à pratiquer de manière distincte : le roman et la nouvelle.

1. *Corr.*, lettre n° 485.

ENTRE ROMAN ET NOUVELLE

Pierre et Jean est de loin le plus bref des romans de Maupassant. Avec ses 156 pages, il est en effet deux fois et demi plus court que *Bel-Ami*, et deux fois plus court également que *Mont-Oriol*. De plus, tandis que ces derniers étaient divisés en parties (comme le seront encore *Fort comme la mort* et *Notre cœur*), *Pierre et Jean* renonce à ces signes extérieurs de composition, et adopte une disposition linéaire en neuf chapitres consécutifs. Par là, Maupassant retrouve la formule successive qui était celle d'*Une vie*, avec une répartition beaucoup plus régulière cependant : à l'exception des deux premiers chapitres, correspondant au temps nécessairement plus long de l'exposition et à celui, plus bref, de l'amorce de l'intrigue, *Pierre et Jean* progresse par unités d'une quinzaine de pages environ.

UNE ÉCONOMIE DE MOYENS REMARQUABLE

Cette brièveté et cette simplification s'accompagnent d'un effort de restriction sur plusieurs plans : l'intrigue, le nombre de personnages, la durée et enfin le cadre sont réduits au strict minimum.

L'*intrigue*, tout d'abord, se trouve simplifiée à l'extrême et peut être résumée d'une phrase : *Pierre et Jean* évoque la désorganisation d'une famille sous l'effet d'un héritage imprévu, qui fait resurgir un secret longtemps caché. L'histoire se limite ainsi à une affaire de famille, qui de surcroît n'intéresse pas tous ses membres (le père Roland, pourtant le premier concerné, restant toujours à l'écart). Pas d'intrigue secondaire, pas de digression : tout sert, dans ce roman, à la narration d'une crise unique. L'œuvre s'achève lorsque cette crise est résolue, ou plutôt lorsque Pierre, le fauteur de troubles, est écarté. Pour les autres personnages, le retour à l'ordre est complet : Jean et Mme Rosémilly vont se marier, Louise Roland, bien qu'éprouvée, retrouve une existence sereine auprès de son fils cadet et de son mari, qui n'a pas vu passer l'orage. À cet égard, *Pierre et Jean* répond à la définition du conte avancée par Jean-Paul Sartre dans *Qu'est-ce que la littérature ?* : « L'aventure est un bref désordre qui s'est annulé. [...] L'ordre triomphe, l'ordre est partout, il contemple un très ancien désordre aboli comme si l'eau dormante d'un jour d'été conservait la mémoire des rides qui l'ont parcourue[1]. » Pour Pierre seul, ce « désordre », loin de s'annuler, est cause d'une rupture irrémédiable avec les siens et avec lui-même.

1. *Situations*, II, Gallimard, 1948, p. 181.

Cette simplification du sujet va de pair avec une réduction massive du *nombre de protagonistes* : tout tourne en effet autour de trois personnages principaux, Mme Roland et ses deux fils. Le quatrième, qui détenait les clefs de l'énigme, est mort avant que ne s'ouvre l'œuvre, laissant derrière lui un testament énigmatique et quelques souvenirs. Le père Roland, que rien ne trouble malgré ses éclairs de lucidité involontaire, ne joue quant à lui aucun rôle direct dans la progression de l'intrigue. En dehors de cette famille, Mme Rosémilly, la jeune veuve qui viendra prendre la place du fils exclu, joue le seul véritable « second rôle » du roman. On compte encore deux personnages épisodiques, le pharmacien Marowsko et la fille de brasserie (anonyme), participant par leurs insinuations respectives au dévoilement de la vérité, et trois comparses de moindre importance (Joséphine, la bonne des Roland, le matelot Papagris et le capitaine Beausire). Le « personnel romanesque » de *Pierre et Jean* se réduit ainsi à une dizaine de figures, toutes définies par rapport au personnage principal, Pierre, qui constitue l'unique centre de gravité de l'œuvre. Quelle différence par rapport aux romans précédents, qui n'hésitaient pas à mettre en scène une trentaine ou une quarantaine de personnages, auxquels s'ajoutaient d'innombrables figurants ! Dans *Pierre et Jean*, nul déploiement de ce type ; à peine aperçoit-on quelques baigneurs à Trouville, et quelques convives à Saint-Jouin, en arrière-plan.

Cet univers borné apparaît encore plus restreint si l'on remarque que les personnages ont tendance à s'organiser par paires, chacun d'eux étant comme « doublé » d'un comparse qui lui ressemble sourdement. Ainsi, Mme Roland et Mme Rosémilly, assises côte à côte lors de la partie de pêche initiale, peuvent être rapprochées par la première syllabe de leur patronyme, qui est selon Marie-Claire Ropars-Wuilleumier « le signe déguisé de l'or, adouci dans la rose de Mme Rosémilly, plus abrupt dans le nom de Mme Roland[1] ». Pierre, du reste, n'hésite pas à les assimiler l'une à l'autre, la seconde étant selon lui promise au destin de femme adultère de la première. Le père Roland trouve son double dans le capi-

1. « Lire l'écriture », art. cit., p. 821.

taine Beausire, aussi rond que lui, mais dont le ventre, « plein comme un œuf et dur comme une balle » (p. 107), s'oppose à celui du boutiquier, « un de ces ventres mous d'hommes toujours assis, qui n'ont plus ni cuisses, ni poitrine, ni bras, ni cou, le fond de leur chaise ayant tassé toute leur matière au même endroit » (p. 106). Pierre et Jean forment un couple de frères ennemis évident, mais il est aussi possible de reconnaître dans l'existence solitaire de Marowsko, le pharmacien polonais exilé, une préfiguration du destin de Pierre, condamné à son tour à vivre loin des siens dans sa petite cabine de médecin. Enfin, la barbe blonde du docteur Pirette, dont Pierre prend la succession à bord de la *Lorraine*, n'est pas sans rappeler celle de Jean, tandis que le suffixe de son nom paraît illustrer l'affaiblissement dont est victime le fils aîné. Ainsi, par-delà l'opposition centrale des deux frères, le semblable s'inscrit au cœur du dispositif des personnages, qui n'en paraît que plus restreint.

À l'exception notable de Pierre, ces personnages sont d'ailleurs dépourvus d'individualité propre et d'épaisseur psychologique. Malgré la netteté de leur caractérisation physique, ils se contentent d'incarner, chacun à sa manière, une forme de médiocrité bourgeoise : esprit étroit, complaisance et matérialisme, le tout assorti d'un sentimentalisme vague du côté des femmes. Leur indétermination fondamentale reste cependant telle qu'on ne pourrait songer à en faire des types, qui se définissent pour leur part comme « des figures moyennes dans le principe, mais qui s'incarnent toujours de la façon la plus particulière, en manifestant traits et manies qui ne sont qu'à eux[1] ». L'uniformité, de ce point de vue, vient renforcer la restriction opérée par Maupassant, avant que celui-ci ne retrouve, dans ses deux derniers romans, des perspectives plus ouvertes et des personnages plus contrastés.

1. Jacques Dubois, *Les Romanciers du réel*, Seuil, 2000, p. 180.

La réduction de l'intrigue et du nombre de personnages est indissociable d'un resserrement de la *durée* chronologique envisagée, qui contraste nettement avec l'extension des romans précédents. Alors qu'*Une vie* était, comme son titre l'indique, le roman de toute une existence, que *Bel-Ami* s'étendait sur plus de trois ans, et que *Mont-Oriol* évoquait deux étés consécutifs, *Pierre et Jean* ne couvre qu'une durée de deux mois. Maupassant avait même songé à réduire cette durée à un seul mois, avant que cette condensation ne lui paraisse excessive. Le récit ne dure donc que le temps d'une crise morale : s'ouvrant avec l'annonce d'un événement perturbateur, il s'achève lorsque le personnage principal en a subi toutes les conséquences. Quant à la chronologie objective de cette crise, elle est à peine esquissée : ce n'est que par recoupements que l'on peut situer l'intrigue vers 1885, la romance de Maréchal et de Louise Roland remontant à l'année 1858[2], peu

2. Voir les indications données par Mme Roland à son mari au chapitre IV (p. 120).

avant la naissance de Jean vers 1860. La seule date précise du roman se situe en fait dans le dernier chapitre, où nous apprenons que l'arrivée de la *Lorraine* est prévue pour le 1er octobre, et son départ, qui sanctionne aussi celui de Pierre, pour le 7 du même mois (p. 209). Cette soudaine précision est destinée à souligner le peu de répit accordé à Pierre, dont l'exil est précipité par un calendrier rigoureux. Les datations relatives, qui permettent de situer les événements les uns par rapport aux autres à l'intérieur du récit, sont en revanche plus nombreuses : ainsi, les premiers chapitres de *Pierre et Jean* adoptent un rythme journalier, fonction du temps de veille et de sommeil du personnage principal. De ce fait, la progression chronologique du roman paraît largement tributaire d'une donnée intime, variable selon l'état d'un personnage dont la conscience se trouble et se perd chaque jour davantage. À l'instar de l'intrigue, la durée tend à s'intérioriser et à se limiter au travail qui s'accomplit dans la conscience de Pierre.

La même économie de moyens se retrouve dans la mise en place du *cadre* de l'intrigue, réduit au Havre et à ses alentours. La ville où se déroule l'essentiel de l'histoire n'est caractérisée que de façon générale, à travers son climat et la mention de quelques « incontournables », comme le café Tortoni, la rue de Paris ou le bassin du Commerce… Quant aux promenades accomplies par Pierre et sa famille à Trouville ou à Saint-Jouin, elles ne donnent lieu qu'à de rapides esquisses, croquées d'une plume impressionniste. *Pierre et Jean* ne comporte ainsi que peu de passages descriptifs, souvent retouchés par Maupassant dans le sens d'un allégement au fil de son travail. Loin de chercher à recomposer avec minutie un décor qui ne lui importe guère en lui-même, l'écrivain reporte son attention sur des phénomènes particuliers tels que la brume ou la lumière des phares, s'accordant ainsi avec l'évocation des états intimes de Pierre.

UNE LONGUE NOUVELLE ?

L'ensemble de ces restrictions, qui aboutissent selon André Vial à un « étranglement » du romanesque[1], a conduit certains critiques à rapprocher *Pierre et Jean* d'une longue nouvelle. On y trouve, certes, une économie de moyens comparable, mais l'organisation interne du récit, la présence de multiples « scènes » ainsi que le traitement particulier de la durée et enfin l'absence de dénouement véritable soulignent l'appartenance de l'œuvre au genre romanesque. Dans le même temps, d'autres lecteurs ont cru reconnaître dans ce singulier roman le dessin d'une tragédie classique. Ainsi Paul Bourget voyait dans *Pierre et Jean* « un drame serré, distribué en courtes scènes et suivi avec la rigueur d'une tragédie, [coupée] en trois actes aussi des-

1. *Maupassant et l'art du roman, op. cit.*, p. 364.

sinés et aussi nets qu'une pièce classique[1] ». La simplicité et l'exemplarité de l'action autorisent un tel rapprochement, de même que la construction du roman, qui comporte exposition, intrigue, péripétie et dénouement. La dramatisation du récit, qui multiplie scènes et temps forts tout en accordant à la parole une place de premier plan, justifie également cette référence à l'univers de la tragédie. Enfin, on a pu rapprocher l'organisation de *Pierre et Jean* de celle d'un roman policier : le récit s'ouvre en effet par une énigme (pourquoi Maréchal a-t-il laissé à Jean toute sa fortune ?), qui retient immédiatement l'intérêt d'un enquêteur (Pierre), dès lors en quête d'indices (le portrait), puis de preuves. Mais on objectera au moins que le « détective » ordinaire ne s'intéresse pas aux secrets de sa propre famille, qui ne peuvent que troubler son objectivité. Engagé par un tiers, il est en charge d'une « affaire » qui ne le concerne normalement pas directement... En somme, si tous ces parallèles ont une origine pertinente, ils ne nous renseignent guère sur la spécificité de *Pierre et Jean*, qui répond à un schéma narratif plus complexe.

1. *Études et portraits*, III. Cette opinion est également partagée par Marcello Spaziani, dans la préface à son édition du roman (Signorelli, Rome, 1956).

STRUCTURES ROMANESQUES

Pierre et Jean obéit à une construction rigoureuse, dont tous les détails ont été mûrement réfléchis par Maupassant. Si le roman évoque l'éclatement de la famille Roland et les tourments intimes de Pierre, la structure du récit est loin d'être désordonnée ou délirante. Elle est au contraire d'une grande simplicité apparente, et donne au lecteur une impression de clarté et de transparence. Le roman s'ordonne ainsi en neuf chapitres, de longueur quasi équivalente, à l'exception des deux premiers. Le déroulement de l'action confirme cette régularité, les différents chapitres recouvrant une durée comparable, qui correspond souvent à l'écoulement d'une journée.

Le temps du récit subit cependant deux accélérations remarquables, à l'ouverture du chapitre VI, où un bref sommaire balaie une durée de plusieurs jours en une seule phrase (« Rien ne survint chez les Roland pendant une semaine ou deux », p. 150), ainsi que dans les dernières pages du roman, qui condensent en quelques phrases les formalités d'embauche de Pierre et la période qui le sépare de son départ pour l'Amérique. On peut ainsi établir deux « paliers » dans la progression du récit : après l'exposition et l'annonce de l'héritage (chap. I), un premier moment, au rythme assez lent, correspond au temps de l'enquête de Pierre (chap. II-V). Il est suivi d'une accélération remarquable, avant que la vitesse narrative ne se stabilise à nouveau aux chapitres VII et VIII. Enfin, le dénouement se fait plus elliptique au chapitre IX, s'attardant uniquement sur les adieux de Pierre à sa famille.

Une analyse détaillée de l'organisation des premiers chapitres du roman révèle cependant d'autres micro-perturbations de la temporalité narrative. Si les chapitres II à IV adoptent une progression quotidienne en apparence régulière, la comparaison des trois « réveils » successifs du personnage met en évidence d'intéressantes variations de ce rythme. Voici pour mémoire les clausules et ouvertures de ces trois chapitres :

« Et le docteur, impatienté, s'en alla, rentra dans la maison paternelle et se coucha./Pendant quelque temps, il entendit Jean qui marchait doucement dans la chambre voisine, puis il s'endormit après avoir bu deux verres d'eau./III/Le docteur se réveilla le lendemain avec la résolution bien arrêtée de faire fortune » (p. 94-95).

« De la fin de cette soirée il n'eut guère de souvenir. On avait pris le café, absorbé des liqueurs, et beaucoup ri en plaisantant. Puis il se coucha, vers minuit, l'esprit confus et la tête lourde. Et il dormit comme une brute jusqu'à neuf heures le lendemain./IV/Ce sommeil baigné de champagne et de chartreuse l'avait sans doute adouci et calmé, car il se réveilla en des dispositions d'âme très bienveillantes » (p. 113-114).

« Il s'était trompé, peut-être ? [...] Lorsqu'il aurait dormi, il penserait tout autrement. Alors il rentra pour se coucher, et, à force de volonté, il finit par s'assoupir./v/Mais le corps du docteur s'engourdit à peine une heure ou deux dans l'agitation d'un sommeil troublé. Quand il se réveilla, dans l'obscurité de sa chambre chaude et fermée, il ressentit, avant même que sa pensée se fût rallumée en lui, cette oppression douloureuse, ce malaise de l'âme que laisse en nous le chagrin sur lequel on a dormi » (p. 131-132).

Ces trois transitions, que nous avons juxtaposées pour mieux les comparer, témoignent d'un travail structurel attentif, soulignant la progressive perturbation du personnage. Ainsi, le passage du chapitre II au suivant, qui correspond à la première nuit du roman, éclaire l'attitude de Pierre face à l'héritage de Jean. Bien que les insinuations de Marowsko aient agacé le jeune homme, celui-ci ne s'interroge pas vraiment sur les causes de son impatience, et s'endort rapidement à son retour. Sa réaction initiale relève donc du déni, de l'aveuglement volontaire par rapport à une vérité manifeste. Afin de lutter contre un premier mouvement d'envie, Pierre établit dès son réveil un plan de carrière ambitieux, dans l'espoir d'accumuler en peu de temps une fortune aussi importante que celle de son frère. Le sommeil a joué son rôle réparateur, et les premiers doutes sont momentanément écartés.

La deuxième nuit, matérialisée par le passage du troisième au quatrième chapitre, souligne au contraire le resurgissement et la progression des soupçons de Pierre. Au cours du chapitre III, rappelons que le personnage a rendu visite à une serveuse de sa connaissance, qui a repris et accentué les insinuations du père Marowsko. Chez le jeune médecin, le déni se transforme alors en interrogation, puis en « doute odieux » (p. 105) quant à l'honnêteté de sa mère... Dans un ultime mouvement de dénégation, Pierre tente de noyer ce soupçon dans l'ivresse d'un dîner arrosé, et s'endort aussitôt après. Le passage d'un chapitre à l'autre s'attarde alors, avec une insistance suspecte, sur la quiétude supposée de ce temps de repos. Les notations initiales du chapitre IV, qui reviennent sur la nuit précédente, entrent ainsi en contradiction avec les indications finales du chapitre III : le jeune homme est « sans doute adouci et calmé », dans des dispositions très « bienveillantes » au réveil, tandis que la fin du chapitre III précisait qu'il s'était endormi « comme une brute »... Cette discordance suggère que le bien-être du corps n'a pas calmé l'esprit, et l'apaisement de Pierre à son réveil sera en effet de courte durée.

La troisième nuit, qui s'accompagne d'une perturbation du rythme habituel du coucher et du réveil, marque une étape supplémentaire dans ce décalage. Dans le passage du quatrième au cinquième chapitre, l'insomnie de Pierre, en proie aux incertitudes les plus cruelles, vient en effet modifier l'équilibre entre veille et sommeil qui s'était établi au cours des séquences précédentes. Après une soirée de détresse et d'errance sur le port du Havre, passée à rechercher dans ses plus lointains souvenirs une image de Maréchal, le jeune homme rentre chez ses parents, et « à force de volonté », parvient à s'endormir. Mais l'espace intercapitulaire ne correspond plus, cette fois, à une nuit complète. Pierre se réveille au début du chapitre V, mais il a peu dormi, « une heure ou deux », et le récit reprend avec la narration des interrogations angoissées du personnage, dont le malaise ne tarde pas à se traduire par une impression physique d'étouffement : « Il avait soif, il avait chaud, son cœur battait. Il se leva pour ouvrir la fenêtre et respirer, et, quand il fut debout, un bruit léger lui parvint à travers le mur » (p. 132). Ce bruit léger correspond au ronflement de son frère, qui dort, quant à lui, en toute quiétude. Cette précision est l'occasion, pour Maupassant, de créer entre ce passage et la première nuit du roman un effet d'écho intéressant. Dans le premier extrait cité, on se souvient que Pierre s'endormait rapidement, après avoir bu deux verres d'eau et entendu son frère marcher dans la pièce voisine. Tous ces éléments sont repris et modifiés au chapitre V : c'est Pierre qui, ne parvenant pas à retrouver le sommeil, fait les cent pas dans sa chambre et écoute dormir Jean. Quant au besoin de boire deux verres d'eau, il se transforme en soif intense, que le personnage n'arrive à étancher qu'en descendant à la cuisine boire, à même la carafe, « comme un coureur essoufflé » (p. 134). L'insomnie de Pierre, hanté par l'idée d'une ressemblance entre son frère et Maréchal, se prolonge jusqu'au matin. La narration de la nouvelle journée, dans ce chapitre, commence donc avec un « retard » de plus de trois pages, ce qui introduit une perturbation manifeste dans le rythme narratif.

Si les séquences suivantes ne reprennent pas avec autant de rigueur ce dispositif, elles continuent de faire régulièrement référence au sommeil d'un ou de plusieurs personnages pour assurer la transition d'un chapitre à l'autre. Ainsi le chapitre VI s'achève-t-il sur la mention du sommeil *feint* de Pierre, qui s'exclut de cette manière du groupe des promeneurs, tandis que les premières lignes du chapitre VII notent l'engourdissement de tous les personnages masculins, à l'exception de Jean, durant le trajet du retour de Saint-Jouin au Havre. Enfin, à la suite d'une double scène d'aveux, le chapitre se termine sur l'indication d'une nouvelle insomnie (« Seul dans la maison, Pierre ne dormait pas et avait entendu [sa mère] revenir »), que prolonge au chapitre VIII la longue méditation nocturne de Jean, qui perd à son tour le repos. Les motifs de la veille et du sommeil jouent donc dans l'ensemble du roman un rôle structurant, tout en soulignant les perturbations dont sont tour à tour victimes les personnages dans leurs activités les plus fondamentales [1].

1. Le sommeil est cependant, avec la nutrition, une des fonctions vitales les plus étroitement liées à l'univers maternel. Se reporter sur ce point à l'article de Claudine Giacchetti, « Déficits métaboliques : sommeil et nutrition dans *Pierre et Jean* de Maupassant », *French Review*, avril 1994, p. 767 (voir Dossier, p. 237).

Ainsi, l'impression de continuité créée par la reprise des mêmes éléments ne doit pas masquer les variantes et les bifurcations du texte, qui suit de très près l'évolution des tourments de Pierre. De nombreux autres effets d'échos jalonnent la progression du roman, accentuant l'impression d'une clôture narrative, d'un enfermement structurel.

UNE CONSTRUCTION EN BOUCLE

Usant d'un matériau romanesque très réduit, Maupassant multiplie les parallèles entre les différentes scènes de son roman, caractérisé par une construction particulièrement répétitive. De part et d'autre du chapitre V, où Pierre acquiert la certitude de la culpabilité de sa mère, de nombreux passages se répondent, permettant au lecteur de mesurer le « trajet » accompli entre-temps. Un premier effet de symétrie particulièrement net peut être observé entre l'ouverture et la clôture de l'œuvre, qui rassemblent les personnages principaux sur la petite barque du père Roland, pour une partie de pêche familiale dans le premier cas, pour les adieux au fils aîné dans le second. Le dénouement prend cependant acte de l'éclatement de la famille Roland : Jean ne rame plus avec Pierre mais avec le matelot Papagris, et à l'arrière de la *Perle*, entre Mme Roland et Mme Rosémilly, s'est introduit le capitaine Beausire, un substitut du père qui manie barre et longue-vue à sa place. Le père Roland, quant à lui, reste cramponné au mât, regardant s'éloigner la *Lorraine* avec des jurons d'enthousiasme…

Trois autres *promenades en mer*, réparties dans les chapitres centraux de l'œuvre, rythment l'écoulement de la durée romanesque et soulignent l'irréversible dégradation qui l'accompagne. La sortie de Pierre à bord de la *Perle*, au chapitre IV, permet au personnage de songer sereinement à son avenir, avant qu'une brume glaciale ne le contraigne à faire demi-tour au bout de quelques heures. Au chapitre suivant, nouvelle excursion solitaire, à Trouville cette fois. Mais la promenade de Pierre sur la célèbre plage ne lui offre qu'une image démultipliée de ses soupçons, qu'il fuit avec horreur : « Toutes ces femmes ne pensaient qu'à la même chose, offrir et faire désirer leur chair déjà donnée, déjà vendue, déjà promise à d'autres hommes. […]/Sa mère avait fait comme les autres, voilà tout ! » (p. 141). Enfin, le chapitre VI, qui évoque la pêche familiale à Saint-Jouin, comprend la scène « maritime » la plus développée, avec la demande en mariage de Mme Rosémilly. Cette promenade accentue l'exclusion de Pierre au sein de sa propre famille, et confirme notamment sa rupture définitive avec sa mère. Le passage s'achève ainsi sur une notation particulièrement douloureuse : « quand [Mme Roland] se fut essuyé les yeux, où des larmes étaient venues, elle aperçut là-bas sur la plage un corps étendu sur le ventre, comme un cadavre, la figure dans le galet : c'était l'autre, Pierre, qui songeait, désespéré » (p. 166). C'est bien vers une mort symbolique du héros que s'achemine en effet le roman, multipliant dans ses dernières pages les allusions aux figures de la disparition. Ces trois scènes maritimes, qui préludent à des révélations toujours plus importantes, occupent donc une place fondamentale dans le développement de l'intrigue, leur succession soulignant clairement la dégradation de la trajectoire de Pierre, qui va de l'espoir du succès à l'échec, en passant par la révolte.

On observe dans le roman plusieurs autres effets de reprise : les promenades de Pierre sur la jetée du port, aux chapitres II, IV et IX, rythment les débats intimes du personnage, en y introduisant le « répondant » des sirènes nocturnes au chapitre IV. Recherchant quelque réconfort, le jeune médecin se rend également par trois fois chez le pharmacien Marowsko, un de ses seuls amis au Havre (chap. II, IV et IX). Mais la dernière visite à l'exilé polonais entraîne une rupture, accentuant à nouveau la solitude de Pierre. Enfin, deux rencontres avec la fille de brasserie encadrent le temps de l'enquête (chap. III et IX), mais la seconde matérialise l'impossibilité de tout échange entre les deux personnages.

On pourrait également s'attarder sur les *repas* qui rythment la vie des Roland : toutes les échappées de Pierre se soldent en effet par un retour à l'intérieur de la maison paternelle, et par une soumission à des rituels familiaux toujours plus oppressants. Les nombreux déjeuners, dîners et fêtes qui jalonnent la progression du roman mettent en évidence la dégradation des rapports de Pierre avec son entourage, tout en introduisant une oscillation supplémentaire entre le dedans et le dehors, que l'on a pu comparer à un mouvement de houle ou de marée.

Par-delà l'apparente linéarité du texte, on observe ainsi une construction en spirale : le récit progresse par reprise et répétition des mêmes motifs, en y introduisant de subtiles variations et oppositions, toujours dans le sens d'une détérioration de la situation initiale. Cette tendance à la redite, que l'on retrouvera au cœur de l'analyse psychologique elle-même, contribue à structurer fortement le roman, tout en l'enfermant dans un réseau de correspondances serré, où chaque pause introspective se trouve mise en valeur.

LA ROTATION DES POINTS DE VUE

Les modifications de points de vue adoptés par le narrateur contribuent également à structurer l'œuvre, selon un principe d'alternance qui autorise une mise à distance. En effet, si la perspective de Pierre domine durant une grande partie du roman, Maupassant prend soin de varier ses angles de vue, refusant au lecteur toute possibilité d'identification durable avec un protagoniste. Après le chapitre d'exposition, où les personnages sont tour à tour présentés par un narrateur omniscient, le roman bascule du côté du fils aîné. Tout le temps de l'enquête, du chapitre II à la fin du chapitre V, Maupassant privilégie ainsi la focalisation interne, qui nous permet de suivre au plus près les déductions angoissées du personnage principal. Nous ne percevons les événements qu'à travers son regard inquiet et sa jalousie dévorante, à peine contrebalancés par quelques rares interventions d'auteur.

Mais la perspective change dès l'ouverture du chapitre VI : Pierre connaît désormais le secret de sa mère, et le temps du doute a pris fin. Le narrateur omniscient reprend alors la main pour évoquer la trompeuse accalmie qui précède l'éclatement de la crise : « Rien ne survint chez les Roland pendant une semaine ou deux » (p. 150). Pierre semble s'être absenté du récit, de même qu'il s'absente, autant que possible, de sa propre famille en multipliant démarches et sorties. Il ne peut en effet revenir rue Belle-Normande sans souffrir et faire souffrir les siens, notamment sa mère. Ainsi l'enquêteur s'est-il mué en « juge » (p. 153), voire en tortionnaire involontaire : « Et il souffrait autant qu'elle, lui ! Il souffrait affreusement de ne plus l'aimer, de ne plus la respecter et de la torturer. Quand il avait bien avivé la plaie saignante, ouverte par lui dans ce cœur de femme et de mère, quand il sentait combien il était misérable et désespéré, il s'en allait seul, par la ville, si tenaillé par les remords, si meurtri par la pitié, si désolé de l'avoir ainsi broyée sous son mépris de fils, qu'il avait envie de se jeter à la mer, de se noyer pour en finir » (*ibid.*).

Le chapitre VI, qui prépare l'explosion de la séquence suivante, fait également place, pour la première fois, au *point de vue de Jean*. Alors qu'il était resté jusque-là muet et en retrait, le frère cadet sort progressivement de sa réserve. Le narrateur indique ainsi sa perception des tensions familiales : « Il s'apercevait souvent des amertumes et des violences de son frère, qu'il attribuait à la jalousie. Il se promettait bien de le remettre à sa place, et de lui donner une leçon un jour ou l'autre, car la vie de famille devenait fort pénible à la suite de ces scènes continuelles » (p. 154). Ainsi se prépare non seulement la crise, mais aussi l'exclusion finale du fils légitime. En supplantant Pierre dans le cœur de sa mère, Jean s'apprête à recueillir la longue confession du chapitre VII. Pierre, quant à lui, n'a plus voix au chapitre : sa mère le fuit, notamment durant la promenade à Saint-Jouin, pour retrouver son « petit Jean » (p. 166). Écarté de l'action comme de la narration, il n'a plus qu'à se réfugier dans le silence, jusqu'à ce que crève la « tumeur » (p. 175) du secret trop longtemps gardé. Mais sa fuite brutale, après cette déclaration douloureuse, le disqualifie définitivement : c'est au tour de Jean d'analyser et de prendre la mesure de la situation, avec sa mère tout d'abord, puis seul, dans la longue délibération du chapitre VIII. C'est encore Jean qui scellera le destin de son frère, en lui proposant habilement la solution de l'exil à bord de la *Lorraine*. Si le dernier chapitre fait à nouveau place au point de vue de Pierre, c'est pour mieux souligner son exclusion et sa souffrance. Le fils légitime, « étranger muet et réservé » dans sa propre famille, est devenu un « autre » que plus personne n'écoute ni ne comprend.

Nul pathos, néanmoins, dans ces dernières pages : le dernier regard de Pierre, qui découvre la misère à l'entrepont de la *Lorraine*, est pour de plus déshérités que lui. La pitié qui étreint alors le cœur du personnage nous détourne un instant de sa destinée personnelle, et contribue à ouvrir le dénouement à une humanité plus vaste. Quant à la scène d'adieux proprement dite, elle est prise en charge par un narrateur impassible qui met en scène cette « contre-exposition » avec autant de précision que de distance. La boucle est ainsi bouclée, du point de vue de l'intrigue comme de la narration, mais les positions des deux frères ont subi entretemps un renversement radical.

La remarquable économie de moyens dont Maupassant fait preuve dans *Pierre et Jean* ne doit donc pas masquer une structure complexe, qui use de la répétition et de la symétrie pour mieux souligner les mutations morales et affectives de ses personnages. L'obsession de la forme, dans cette singulière « étude psychologique », permet ainsi d'ajouter aux qualités d'analyste dont le romancier fait indéniablement preuve, celles de « metteur en scène » qu'il appréciait tant par ailleurs.

IV UN ROMAN FAMILIAL

« Je porte un livre sur la famille qui sera bien noir », écrivait Maupassant en février 1887. Roman « sur la famille », *Pierre et Jean* est également un authentique *roman familial*, au sens où l'entendirent Freud puis Marthe Robert. Récit d'une quête des origines, il se rattache selon cette dernière à l'essence même du genre romanesque, tout en témoignant, à travers le scénario choisi, des obsessions personnelles de son auteur.

QUESTIONS DE FILIATION

Parmi les différents motifs qui se rattachent aux « histoires de famille » si souvent exploitées par les romanciers réalistes et naturalistes, celui de la filiation illégitime occupe une place de premier plan, en particulier sous la plume de Maupassant. Ainsi René Dumesnil a-t-il pu recenser dans son œuvre trente-deux contes et nouvelles consacrés au thème de l'enfant naturel. Parmi ces nombreux récits, quelques-uns entretiennent une relation directe avec *Pierre et Jean*. Nous n'en retiendrons que six, publiés entre 1882 et 1886 : *Un fils*, *Un parricide* et *Le Testament*, tous trois publiés en 1882, ainsi que *Le Petit* (1883), *L'Abandonné* (1884) et *Monsieur Parent* (1886).

Tous ces récits s'attardent en effet sur les conséquences funestes de l'existence d'un enfant adultérin, en adoptant des points de vue différents. *Un fils*, qui parut en avril 1882 dans le *Gil Blas* et que Maupassant remania en profondeur pour l'intégrer un an plus tard aux *Contes de la Bécasse*, pose le problème de l'enfant abandonné puis retrouvé. Ainsi, au cours d'un voyage en Bretagne, un académicien fort respectable découvre par hasard qu'il a eu un fils d'une nuit d'amour avec une jeune servante, trente ans auparavant. La mère est morte en lui donnant naissance, et l'enfant, qui a vécu de la charité des aubergistes, est devenu un valet de ferme idiot et vicieux. Le vieil homme ne peut ni reconnaître ni oublier cette descendance honteuse. Aussi se condamne-t-il à rendre régulièrement visite à son fils, auquel il tente discrètement mais vainement de venir en aide. Le narrateur conclut, prolongeant un débat qui passionnait alors l'opinion publique, que « nous devrions bien nous occuper un peu plus des enfants qui n'ont pas de père [1] ».

1. *CN*, I, p. 425.

L'Abandonné (1884) reprend et modifie légèrement la donnée de ce conte : Mme de Cadour décide un beau jour de retrouver l'enfant qu'elle a eu quarante ans plus tôt de son amant, et qu'elle a été contrainte d'abandonner. Là encore, le fils est devenu un grossier paysan, qui fait la honte de sa mère. Dans *Un fils* comme dans *L'Abandonné*, Maupassant souligne ainsi l'égoïsme et l'indifférence d'une bonne société qui condamne à une vie de misère le fruit de ses amours illicites. Plus subtilement, il met en évidence le lien qui ne peut manquer d'unir le bâtard à ses parents, notamment sur le plan de la ressemblance physique. Par-delà les années de séparation et les différences de classes, il existe toujours un fil qui relie chaque être à sa descendance, fût-elle honteuse. Ce fil (conducteur), que l'on enroule simplement au doigt la pêche terminée, amène la fortune, la misère ou l'exil, selon les destinées ; il peut aussi entraîner un fils au meurtre, comme dans *Un parricide* et *Le Champ d'oliviers*.

Un parricide, qui prend la forme d'un conte du prétoire, pose cette fois le problème de l'abandon en adoptant le point de vue de l'enfant, et non de ses géniteurs. Le récit évoque le double meurtre d'un couple de riches bourgeois par un jeune menuisier, qui avoue au tribunal être le fils naturel de ses victimes. Abandonné à sa naissance, Georges Louis a été recueilli par une nourrice honnête et charitable, qui l'a élevé. Lors de son procès, il évoque longuement les vexations de petit « bâtard » dont il a été l'objet durant son enfance. Mais à ce premier « crime » de l'abandon [1], ses parents en ajoutent un second : pris de remords tardifs, ils retrouvent leur fils et, sans se faire reconnaître, lui confient quelques travaux de menuiserie généreusement rétribués. Mais le jeune homme ne tarde pas à découvrir l'identité de ses bienfaiteurs. Devant les dénégations et la violence de son père, il assassine le couple. Ce récit frappant, qui renvoie à un problème social véritable, reste en suspens : le verdict du procès est remis à plus tard, et Maupassant laisse au lecteur le soin de juger cette figure de coupable-victime. *Un parricide*, qui préfigure par certains aspects *Le Champ d'oliviers* (1890), offre un exemple extrême des conséquences que peuvent avoir l'abandon et le reniement. Le problème posé par *Pierre et Jean* est à la fois moins dramatique et plus complexe : la thématique de l'abandon et de la reconnaissance étant écartée, ne subsiste plus qu'une question morale et affective.

Le Testament [2], publié quelques semaines plus tard, s'attarde sur les conséquences d'un héritage qui révèle brutalement l'existence d'un fils adultérin et privilégie ce dernier au détriment des enfants légitimes. Mme de Courcils, que son mari a rudoyée et trompée durant toute son existence, lègue en mourant l'ensemble de sa fortune à son amant et à l'enfant qu'elle a eu de lui. Contre toute at-

1. *Ibid.*, p. 555.

2. Voir Dossier, p. 200.

tente, elle déshérite ses deux autres fils, qui avaient adopté à son égard l'attitude grossière de leur père. La lecture de ses dernières volontés en présence des intéressés, scène « grandiose, dramatique, burlesque, surprenante[1] », fait éclater une vérité trop longtemps dissimulée. Contrairement au testament sibyllin de Maréchal, celui de Mme de Courcils est parfaitement explicite, résonant comme l'ultime « cri de liberté[2] » de la défunte. Le récit se passe donc de toute enquête rétrospective, et se contente de donner voix au fils adultérin pour évoquer cette découverte tardive. Quant au thème de la jalousie au sein d'une même fratrie, il n'est qu'à peine esquissé dans ce conte.

1. *Ibid.*, p. 622.

2. *Ibid.*

Le Petit[3] (1883) aborde enfin le problème de l'enfant naturel du point de vue du père trompé. M. Lemonnier, qui aime sa femme d'un amour tendre et dévoué, reste veuf à la suite de la naissance d'un petit garçon, sur lequel il reporte toute sa tendresse. Pendant neuf ans, le petit Jean est l'unique objet de ses attentions, ainsi que de celles de M. Duretour, un ami de Madame, resté fidèle au foyer... Jusqu'au jour où la bonne, agacée par l'aveuglement de son maître, finit par lui révéler brutalement que « le petit » n'est pas de lui, mais de Duretour. De désespoir, le « faux » père plein d'amour se pend. Deux éléments permettent de rapprocher ce conte à l'onomastique transparente de *Pierre et Jean* : le motif de la ressemblance, qui nourrit la révélation de la bonne, et

3. Voir Dossier, p. 205.

bien sûr le prénom de l'enfant illégitime. La figure de la mère coupable, en revanche, disparaît dès l'ouverture du récit, comme dans les deux textes précédents.

1. Voir Dossier, p. 212.

Monsieur Parent[1] (1886) développe et enrichit la donnée de ce bref récit : le personnage éponyme, qui porte bien mal son nom, se croit l'heureux père du petit Georges, âgé de trois ans. Rudoyé par son épouse, il reporte lui aussi toute son affection sur le petit garçon, qu'il adore « de tout son bon cœur de faible, de résigné, de meurtri[2] ». Naïf, il ne s'est jamais inquiété des assiduités d'un certain Limousin, que sa bonne Julie lui présente un beau soir comme le père de l'enfant. Après avoir chassé la bonne, l'amant, la femme adultère et l'enfant, M. Parent se retrouve seul face à un doute terrible : est-il ou non le père du petit Georges ? Comme un an plus tard dans *Pierre et Jean*, les visages restent muets : aucune ressemblance décisive ne peut être établie entre l'enfant et lui. Parent, toute sa vie, demeure rongé par cette incertitude de la paternité, et la nouvelle s'achève, vingt-trois ans plus tard, sans que le doute ait été levé.

2. *CN*, II, p. 584.

Tous ces récits développent le thème de l'enfant naturel selon deux directions très différentes : celle du bâtard abandonné par ses parents, et celle du bâtard endossé par un mari aveugle. Peu d'ironie, cependant, dans l'ensemble de ces contes et nouvelles : les conséquences du mensonge apparaissent tout aussi dramatiques que celles de l'abandon, et les « faux pères » du *Petit* et de *Monsieur Parent* sont pathétiques avant d'être risibles. L'incertitude de la filiation engendre toujours de graves troubles, quelque différée qu'en soit la manifestation.

C'est cette « idée maîtresse » que reprend *Pierre et Jean*, en l'intériorisant et en la développant aux dimensions d'un roman. Les emprunts aux récits antérieurs sont cependant beaucoup moins nets que dans le cas d'*Une vie*, dont certains épisodes reprenaient la donnée de contes très proches, et réciproquement. Le roman de 1887 est quant à lui dépourvu d'« épisodes » au sens strict : si le découpage temporel se fait en journées, chacune d'elles s'intègre dans une continuité qui la rend étroitement solidaire de la précédente. Maupassant ne pouvait donc envisager d'y d'insérer artificiellement la matière d'un récit préexistant, de même qu'il lui était impossible de « détacher » un chapitre de *Pierre et Jean* pour en faire le point de départ d'un récit autonome[1].

Le roman se distingue aussi et surtout des contes par la perspective originale qu'il adopte. *Un fils* et *L'Abandonné* s'attachaient au problème de l'enfant adultérin en se plaçant du point de vue rétrospectif du père ou de la mère coupables d'abandon. *Un parricide* privilégiait le témoignage du bâtard deux fois rejeté par ses parents, tandis que *Le Testament* donnait voix à l'enfant illégitime, reconnu et

1. Sur ce point, voir André Vial, *Maupassant et l'art du roman*, *op. cit.*, p. 503-504.

privilégié par sa mère. *Le Petit* et *Monsieur Parent* adoptaient enfin la perspective du père berné, trahi dans son amour le plus sincère. Restait à considérer le problème sous l'angle du fils légitime, du frère « utérin » qui ne devrait rien avoir à craindre de l'émergence d'une vérité qui le blesse malgré tout plus qu'aucun autre. C'est ce point de vue singulier qu'adopte *Pierre et Jean* dans un curieux retournement.

LA PART DE L'INTIME

On peut s'interroger avant de poursuivre sur la persistance d'un tel motif dans l'œuvre de Maupassant. Si le personnage de l'enfant illégitime est fréquent chez les naturalistes, qui s'intéressent à la famille sous tous ses aspects [1], il fait retour chez l'auteur d'*Une vie* de manière obsédante, dans les œuvres brèves aussi bien que dans les romans. Plusieurs raisons, d'ordre biographique, peuvent être invoquées pour expliquer cette récurrence.

Tout d'abord, les parents de l'écrivain, qui s'étaient mariés en 1846, ne s'entendaient guère, et ils finirent par se séparer en 1863. Les liaisons de Gustave de Maupassant, ajoutées à son dilettantisme et à ses problèmes financiers, avaient fini par épuiser la patience de Laure, qui décida d'élever seule ses deux fils. Ainsi, la nouvelle *Garçon, un bock !...* (1884), qui

1. On relira notamment d'Émile Zola *La Fortune des Rougon*, et, plus près de *Pierre et Jean*, la nouvelle *Les Coquillages de Monsieur Chabre*.

évoque le traumatisme de la violence conjugale pour un adolescent, se fonde probablement sur un souvenir personnel de l'auteur. À l'instar du comte des Barrets, Maupassant prit rapidement le parti de sa mère, et rejeta un père qu'il jugeait médiocre et inconsistant. Peinant à se reconnaître dans cette figure lointaine, il vénéra en revanche Flaubert comme un père spirituel, tandis que ce dernier n'hésitait pas à parler de lui comme d'un fils. Au point que certains virent en l'auteur de *Madame Bovary* son géniteur véritable, allégation que Maupassant ne contredit jamais, bien que ce silence pût être interprété comme un aveu.

Depuis longtemps, les biographes de l'écrivain ont démenti cette rumeur persistante, dates et événements à l'appui [1]. Reste que la légende souligne une carence véritable : entre un père indigne et un père de légende, aucun équilibre n'était possible, et Maupassant se condamnait à une instabilité perpétuelle. Tous les éléments nécessaires à la mise en place d'un « roman familial » étaient donc en place. Rappelons que, selon Freud, l'enfant invente couramment deux types de scénario pour s'expliquer le mystère de ses origines. Soit il refuse de reconnaître en son père et sa mère ses véritables parents, et il se considère inconsciemment comme abandonné par d'autres parents, imaginaires ou inconnus ; soit il ne récuse que son père et devient le produit d'une union entre sa mère et un amant de passage. Le

1. Sur ce « vieux dossier », voir la préface de *Pierre et Jean* de Pierre Cogny, Garnier Frères, 1959.

deuxième scénario (celui du bâtard) permet à l'enfant d'éliminer la figure paternelle tout en conservant un rapport privilégié avec la mère, que sa faute rend à la fois accessible et désirable. C'est cette version que le jeune Maupassant avait chance de privilégier, et nous retrouvons les traces d'un tel dispositif dans les nombreuses variations autour du motif de l'enfant naturel qu'offrent ses œuvres.

Enfin, l'écrivain a eu lui-même des difficultés à occuper cette « place du père » qu'interrogent ses textes. Nous savons en effet que Maupassant, sans doute par respect des préjugés sociaux et des exigences de sa mère, n'a pas reconnu les trois enfants qu'il a eus d'une même femme, Joséphine Litzelmann. D'origine modeste, celle-ci donna à l'écrivain un fils et deux filles, en 1883, 1884 et 1887 — l'année où il composa *Pierre et Jean*. D'après divers témoignages, Maupassant rendait régulièrement visite à ses enfants, et leur manifestait attention et tendresse. Il assuma également les charges matérielles liées à cette triple paternité, de son vivant et en partie au-delà de sa mort. Pourtant, c'est sa nièce Simone, la fille de son frère Hervé, qu'il institua comme légataire universelle, ce qui revenait à un semi-abandon de sa propre descendance...

Si toutes ces contradictions ne peuvent être démêlées dans les limites d'une étude restreinte, elles suggèrent que ce « livre sur la famille » qu'est *Pierre et Jean* peut également se lire comme un roman familial d'une rare densité.

« UN LIVRE SUR LA FAMILLE »

Pierre et Jean met en scène un personnage en quête de sa propre identité à travers une enquête biaisée, portant sur le passé de sa mère. À la fin du chapitre VII, la révélation brutale du secret ainsi découvert met en péril le fragile équilibre de la famille Roland, qui ne se reconstruira qu'en éliminant ce « témoin » gênant d'une faute lointaine. L'aveu de Pierre signe son exclusion définitive du cercle familial, soudé par le mensonge et la complaisance. Pour qui a eu l'impudence de poursuivre jusqu'au bout la recherche sur les origines, seul l'exil [1] demeure possible. Le passé, pour Maupassant, est toujours sans remède.

1. Ou la réclusion définitive dans les montagnes, dans « L'Ermite », *CN*, II, p. 685-691.

UN CONFLIT LARVÉ

Il n'est toutefois nul besoin d'attendre l'annonce de l'héritage, à la fin du premier chapitre, pour pressentir le déclenchement d'une crise imminente chez les Roland. La scène d'exposition comprend en effet maints indices d'un conflit larvé qui mine les relations des différents protagonistes. Ainsi leur rassemblement initial sur la barque du père Roland fonctionne-t-il comme un leurre : Maupassant ne réunit ses personnages que pour mieux souligner leurs divergences profondes. Pour le lecteur attentif, la partie de pêche liminaire, si paisible en apparence, révèle les failles d'un équilibre précaire.

Il n'est pas indifférent, à cet égard, que le roman s'ouvre par un juron énergique, d'ailleurs repris deux fois au cours du premier chapitre (p. 61, 67 et 83). « Zut ! » : le but premier de Maupassant est évidemment de surprendre son lecteur par un *incipit* inattendu, voire provocateur. Rappelons cependant que le « zutisme » était à la mode chez les jeunes écrivains de ces années, et que le mot avait même servi à désigner d'éphémères groupes poétiques, en 1871 et 1883. Maupassant l'avait pour sa part adopté comme titre d'une de ses chroniques du *Gaulois*, parue le 5 juillet 1881. Mais par-delà l'effet de surprise qu'il suscite, le premier mot du roman anticipe, par sa brièveté et sa brutalité, sur une des difficultés essentielles que connaîtront les personnages : l'échange verbal. En effet, si les dialogues sont très nombreux dans *Pierre et Jean*, il serait aisé de montrer qu'ils traduisent la plupart du temps une impossibilité de communiquer. Ainsi, bien des échanges s'achèvent sur des fins de non-recevoir, ou sur le brusque départ d'un des protagonistes, notamment de Pierre.

Le juron initial prélude également au développement d'un thème courant dans l'œuvre de Maupassant, celui du couple mal assorti. Le père Roland apparaît dès les premières lignes comme un « bonhomme » grossier et irritable, avant tout soucieux du résultat de sa pêche, tandis que sa femme est présentée sous un jour plus favorable. Maupassant brosse dans ce premier chapitre le portrait d'une bourgeoise à la fois économe et sentimentale, raisonnable et rêveuse, apparente contradiction qu'il résume d'un trait dans l'évocation de son « âme tendre de caissière » (p. 64), dont il précise encore qu'elle est « bien tenue comme un livre de comptes » (p. 68). Si Mme Roland sait « le prix de l'argent », elle est loin de partager l'avarice de son mari, qui contemple la mer « avec un air satisfait de propriétaire » (p. 63), avant de se réjouir de l'héritage de Jean comme d'une « rude veine » (p. 83), sans plus s'attarder à la mort de son ancien ami, Léon Maréchal. Il ne fait donc aucun doute que les longues années de mariage de Louise Roland, proche de la cinquantaine à l'ouverture du roman, ont été malheureuses, ainsi que le soulignent quelques itératifs : « Son mari, sans être méchant, la rudoyait comme rudoient sans colère et sans haine les despotes en boutique pour qui commander équivaut à jurer. [...] Elle, par horreur du bruit, des scènes, des explications inutiles, cédait toujours et ne demandait jamais rien » (p. 68-69). Ce couple mal assorti, où l'épouse fait silencieusement les frais de la brutalité de son mari, en rappelle bien d'autres : celui de Jeanne et de Julien dans *Une vie*, celui de Madeleine et Georges

Forestier (*Bel-Ami*), celui de Christiane et d'Andermatt (*Mont-Oriol*), et plus tard celui de Michèle de Burne et de M. de Pradon (*Notre cœur*), pour nous en tenir aux seuls romans. Dès l'*incipit*, Maupassant suggère ainsi, sans s'appesantir, les failles du couple parental, et laisse entrevoir, par-delà la relative banalité de ses notations, le mal-être de Mme Roland, cette Bovary au petit pied.

Après avoir suggéré les failles de ce couple discordant, le narrateur s'attarde sur le portrait croisé des deux enfants, vers lequel convergent bientôt toutes les notations du chapitre. Pierre et Jean y sont traités selon un principe de stricte égalité, voire de symétrie parfaite. Ainsi, les portraits contrastés des deux frères se répondent, comme s'ils étaient parfaitement complémentaires : « Pierre [...] venait d'être reçu docteur après d'assez courtes études et des dispenses de temps obtenues du ministre. Il était exalté, intelligent, changeant et tenace, plein d'utopies et d'idées philosophiques./Jean, aussi blond que son frère était noir, aussi calme que son frère était emporté, aussi doux que son frère était rancunier, avait fait tranquillement son droit et venait d'obtenir son diplôme de licencié en même temps que Pierre obtenait celui de docteur » (p. 63). La fin du chapitre nous montrera encore les deux frères, après l'annonce de l'héritage, installés dans des positions parfaitement symétriques, « en deux fauteuils pareils, les jambes croisées de la même façon, à droite et à gauche du guéridon central, regard[ant] fixement devant eux, en des attitudes semblables, pleines d'expressions différentes » (p. 81). Semblables et différents à la fois : tels apparaissent bien les deux personnages dès le premier chapitre à travers ces quelques notations. L'effet de symétrie qui caractérise leur présentation initiale ne doit cependant pas masquer des inégalités sensibles de traitement, notamment dans l'évocation des rapports des deux fils avec leurs parents.

Pierre, bien qu'occupant la position d'aîné, semble d'emblée défavorisé par son caractère et sa personnalité impétueuse, qui suscitent chez ses parents angoisse et incompréhension. Incapable de s'intégrer dans le milieu petit-bourgeois dont il est issu, il se voit sans cesse reprocher ses élans et ses aspirations changeantes. Jean, par sa douceur et son obéissance, se révèle quant à lui parfaitement conforme aux attentes des Roland, qui n'hésitent pas à le présenter à son frère comme un *modèle* à suivre. Dès son enfance, Pierre se trouve ainsi victime d'une pernicieuse inversion des valeurs : son intelligence et sa force de caractère sont méconnues, tandis que son « droit d'aînesse » est sans cesse bafoué. Ostensiblement, la préférence des Roland va donc au « petit », ainsi qu'ils continuent de nommer Jean, bien que ce dernier soit nettement plus grand par la taille que Pierre. Ce détail, pour insignifiant qu'il paraisse, a son importance : comme le souligne Bernard Pingaud, le « petit » est toujours celui que l'on aime, que l'on choie et que l'on protège, tandis que l'aîné, qui deviendra rapidement « l'autre », est celui que l'on exclut.

Cette inégalité de traitement se retrouve dans la relation qui unit les deux frères à Mme Rosémilly : alors qu'il pourrait paraître naturel que la jeune veuve s'intéresse en priorité à l'aîné des Roland, c'est à Jean qu'elle accorde d'emblée ses faveurs. Le lexique de l'identité et de la différence utilisé par Maupassant annonce alors clairement la mise à l'écart dont Pierre sera bientôt victime : « Déjà [Mme Rosémilly] semblait préférer Jean, portée vers lui par une *similitude* de nature. [...] Elle semblait deviner que l'opinion de Jean fortifierait la sienne propre, tandis que l'opinion de Pierre devait fatalement être *différente* » (p. 65) [1]. *Fatalement* : l'adverbe suffit à souligner que les avis de l'aîné sont rejetés par principe, et sa différence sans cesse stigmatisée. L'attitude ambiguë de Mme Roland devant cette « complication » du sort pour ses deux fils est quant à elle teintée d'hypocrisie : « prudente et pratique, [elle] espérait vivement qu'un des deux triompherait, car la jeune femme était riche, mais elle aurait aussi bien voulu que l'autre n'en eût point de chagrin » (*ibid.*).

Loin d'être insensible aux vexations dont il est l'objet, Pierre éprouve depuis son enfance une hostilité instinctive pour son jeune frère. Sans cesse aiguillonnée

1. C'est nous qui soulignons.

par l'attitude des Roland, cette jalousie « dormante », au lieu de se tarir, n'a fait que croître avec les années, n'attendant pour éclater qu'un prétexte que la narration lui offre rapidement, sous la forme d'un duel orchestré par le père. Sous l'œil de deux femmes, que chacun des deux frères désire à sa manière, Pierre et Jean vont devoir se mesurer sur « l'étoffe bleue » de la mer plate. Duel horizontal, donc : les avirons (tribord pour Pierre, bâbord pour Jean) ont remplacé les fils tendus de la pêche. Duel sans arme, enfin : une fois rangé le crochet des hameçons, ne reste pour se mesurer que la force des bras, les « biceps » de chacun. Et les deux frères, sur ce point, s'opposent encore : à chaque caractère sa musculature, pourrait-on dire. Bras maigres et nerveux pour l'impétueux Pierre, gras et blancs pour le flegmatique Jean, conformément à une typologie traditionnelle. Dès lors, l'issue du combat ne fait guère de doute : l'énergie crispée que déploie Pierre dans un élan rageur ne peut avoir longtemps raison de la tranquille régularité de Jean. S'ensuit une défaite humiliante, mordante comme un « spasme » au cœur. L'aîné, encore une fois, a refusé de prendre modèle sur son frère, sur la tranquille assurance qu'il incarne. Et Jean, proposant à son frère de « tire[r] seul les avirons de couple » (p. 70), menace déjà de lui voler sa place. Bien avant le retour au port du Havre, cet « ogre dévorant » (p. 71) qui absorbe et rejette ses enfants au gré des vents, la *Perle* nous a donc révélé bien des secrets. La nouvelle de l'héritage ne fera qu'entériner le dispositif d'exclusion dont Pierre est déjà la victime inconsciente.

Ainsi la promenade en mer initiale ne présente-t-elle que l'apparence d'une paisible partie de pêche familiale : réunis en un espace en théorie ouvert, mais dont ils sont en réalité prisonniers, les personnages demeurent séparés les uns des autres par des préoccupations divergentes, qu'aucun dialogue véritable ne leur permettra de partager. Le père Roland ne s'intéresse qu'au produit de sa pêche, tandis que son épouse et Mme Rosémilly ne songent qu'à goûter la douceur d'une promenade en mer, plaisir dont elles ont trop souvent été privées. Maupassant se garde cependant de nous livrer le contenu de leurs rêveries silencieuses : quelques notations sur le physique et les attitudes respectives des deux femmes (attendrissement et abandon pour la première, minauderies pour la seconde) doivent nous mettre sur la piste du reste. De même, l'illustration de la jalousie des deux frères passe-t-elle avant tout par une narration factuelle et objective. Souvenons-nous des préceptes liminaires : la psychologie doit être cachée ; le peintre qui fait notre portrait ne doit pas montrer notre squelette. Dans un premier temps du moins, puisque la pêche « miraculeuse » de la fin du premier chapitre, anéantissant ce fragile équilibre, va bouleverser la donnée de l'intrigue aussi bien que les principes de la narration objective.

« TOUT EST POUR JEAN »

À partir de l'annonce de l'héritage qui clôt le premier chapitre, les divergences entre les deux frères, encore voilées dans la scène d'exposition, ne cessent de se creuser. Cette évolution s'accomplit sur trois plans distincts : le matériel, l'affectif, et enfin le moral et le psychologique.

UNE SPOLIATION MATÉRIELLE

Sur le plan matériel tout d'abord, les signes de l'aisance de Jean se multiplient dès le chapitre II, tandis que le narrateur prend soin de souligner la pauvreté de Pierre, contraint de tout compter, d'économiser jusqu'au prix d'un bock ou d'un timbre-poste. Ce ne sont pourtant ni les projets ni les désirs qui manquent à l'aîné des Roland, mais tous ces rêves se défont face à la réalité. Ainsi voit-on à plusieurs reprises Pierre calculant très précisément la fortune qu'il pourrait acquérir en exerçant sa profession de médecin... s'il avait les moyens de s'installer convenablement. L'appartement idéal est rapidement trouvé, mais le loyer (trois mille francs) en est trop élevé. Pour réussir, Pierre devra donc s'endetter, et surtout tendre la main à son frère, ce qui lui répugne particulièrement. Quant à devoir son succès aux femmes, comme le ferait un Georges Duroy, il n'y songe pas un instant, et le milieu étriqué dans lequel il évolue ne lui en donnerait d'ailleurs guère la possibilité. Ainsi le récit des démarches initiales de Pierre est-il ponctué de regrets fréquents : « Ce serait rudement chic de pouvoir s'offrir une promenade par là-bas ; mais voilà, il faudrait de l'argent, beaucoup... » (p. 89), « Si j'avais de l'argent, moi » (p. 98), « Cristi ! si j'avais de l'argent ! » (p. 100).

Du côté de Jean résonne un tout autre refrain : « Grâce à Dieu, te voici à l'abri du besoin », lui répète sa mère, tandis que son père s'évertue à lui démontrer que le plus sage pour lui serait de profiter de ses loisirs et, pour reprendre son expression, de « se la couler douce » (p. 98). Une aussi bonne fortune se doit d'être fêtée : l'avènement de « Jean le Riche » est donc célébré en plusieurs étapes, avec une débauche croissante de luxe. Tout d'abord, le modeste déjeuner qui précède la visite chez le notaire est pris dans une telle allégresse que le frère aîné, que l'on n'a pas attendu, est oublié : il devra se contenter d'une côtelette froide et sèche, premier signe de son exclusion. Le même soir, les Roland offrent à leur fils et à quelques amis un fastueux dîner pour célébrer l'événement : fleurs, vins rares, champagne, pyramides de gâteaux et fruits exotiques, tout est fait pour souligner avec ostentation le changement de situation du cadet. Pierre, en proie aux premiers soupçons concernant le passé de sa mère, ne partage pas l'insouciance générale, et ce n'est qu'au prix d'une ivresse tardive qu'il parvient à noyer ses doutes.

La location de l'appartement que Pierre convoitait pour lui-même marque une nouvelle étape dans l'ascension de Jean : cette fois, le cadet a bel et bien pris la place de l'aîné, qui devra se satisfaire de « quelque chose d'approchant, [de] bien plus modeste » (p. 119). La promenade à Saint-Jouin, suivie de la présentation du nouvel appartement de Jean, couronnent cette progression. C'est en effet durant cette partie de pêche à marée basse, qui répond à la sortie en mer initiale, que le cadet choisit de faire sa demande en mariage à Mme Rosémilly, avant de lui présenter sa future demeure. Cette visite, préparée dans les moindres détails par la mère et le fils, marque l'apothéose de Jean. Tout dans ce « décor de théâtre » reflète l'enrichissement du parvenu : les éclairages modernes et luxueux, les meubles rares et autres bibelots de fantaisie… Quant à la chambre à coucher, elle a été aménagée pour le futur mariage de Jean par la prévoyante Mme Roland…

L'évocation de la petite cabine de Pierre, au chapitre IX, contraste très nettement avec cette fastueuse description. Le jour des adieux, la famille Roland a en effet décidé de rendre visite au jeune médecin : c'est à peine si tous peuvent pénétrer ensemble dans son nouveau logis. Les larges baies vitrées du boulevard François-Ier ont fait place à un minuscule hublot, et la couche nuptiale à une étroite couchette-cercueil. Mme Roland, bien sûr, n'a pris aucune part à cette installation de fortune : tout juste Pierre lui a-t-il remis, quelques jours avant le départ, une liste d'objets indispensables à ses futurs voyages. C'est donc bien à une vie de misère qu'est condamné le fils légitime, et le dernier chapitre du roman abonde en métaphores de cette détresse soudaine : Pierre n'est plus qu'un « chien perdu », une « bête sans abri » (p. 204), un « forçat vagabond » (p. 205). Tout se passe en effet comme si le personnage, en quittant la terre ferme, renonçait à toute sécurité, voire à toute humanité : entre lui et les « forces brutales » (p. 204) de la nature, ne subsiste plus que le rempart dérisoire d'une coque de navire. En visitant la *Lorraine*, Pierre découvre cependant plus misérable que lui, et l'évocation des familles qui s'entassent misérablement dans l'entrepont du paquebot atténue le pathétique qui s'attache à l'exil du personnage.

UNE DÉPOSSESSION AFFECTIVE ET MORALE

La spoliation dont Pierre est victime se prolonge sur le plan affectif. Dès l'annonce de l'héritage, Jean recueille en effet toute l'affection et toute l'admiration dont son frère se trouve quant à lui dépossédé. Jean n'est plus seulement le fils préféré, il devient le fils adulé, le fils unique, l'enfant de l'amour dont Mme Roland ne peut plus se passer. Ce n'est pourtant pas l'amour qui fait défaut à Pierre au début du roman, surtout pour cette mère qu'il vénère et place au-dessus de toutes les autres femmes. Le chapitre d'exposition nous le montre ainsi plein de prévenances et d'attentions : « Pierre, qui aimait beaucoup sa mère, qui la savait un peu rêveuse, et qui craignait une désillusion, un petit chagrin [...] » (p. 75). Au chapitre IV, l'aveu est encore plus clair : « il n'aimait que sa mère au monde » (p. 122). L'amour de Pierre pour sa mère est si absolu qu'il ne laisse dans le cœur du jeune homme aucune place pour d'autres liaisons véritables, et si exigeant qu'il ne peut s'accommoder de la moindre souillure, de la moindre imperfection. Fils œdipien, Pierre ne peut pardonner à son unique amour de l'avoir trompé, et sa douleur devant la faute maternelle est à la hauteur de son fol attachement. D'abord terrorisé par cette « chose épouvantable » comme aucun mari ne saurait l'être, Pierre éprouve en découvrant la vérité une souffrance profondément destructrice : « une inexprimable angoisse entrée dans sa poitrine faisait aller son cœur comme une loque agitée. Les ressorts en paraissaient brisés, et le sang y passait à flots, librement, en le secouant d'un ballotement tumultueux » (p. 125). Pour traduire la détresse et la solitude croissante de son personnage, Maupassant recourt souvent, comme dans ce dernier extrait, à des métaphores maritimes. Mais celles-ci ont désormais perdu toute positivité : la mer n'est plus le lieu d'un possible refuge, d'un quelconque épanouissement ou d'une évasion bienfaisante ; elle devient au contraire une puissance destructrice, « froide et dure comme de l'acier » (p. 214) dans les dernières pages du roman. Ainsi voit-on se multiplier au fil de l'œuvre les images de la *noyade*, notamment pour évoquer la solitude du jeune homme parmi la foule des baigneurs de Trouville : « Pierre marchait au milieu de ces gens, plus perdu, plus séparé d'eux, plus isolé, plus noyé dans sa pensée torturante, que si on l'avait jeté à la mer du pont d'un navire, à cent lieues au large » (p. 140). La même image est reprise pour évoquer les remords du personnage, lorsqu'il ne peut s'empêcher de faire souffrir sa mère : « il avait envie de se jeter à la mer, de se noyer pour en finir » (p. 153). Ainsi, tout au long du roman, Maupassant tisse un réseau de métaphores qui soulignent la dépossession dont Pierre est victime, et préfigurent dans le même temps le dénouement de l'œuvre.

La privation de l'amour maternel s'accompagne chez Pierre d'un éloignement de toute sa famille, qu'il perçoit en étranger avant même d'en être effectivement exclu : « Sa famille ! Depuis deux jours, une main inconnue et malfaisante, la main d'un mort, avait arraché et cassé, un à un, tous les liens qui tenaient l'un à l'autre ces quatre êtres. C'était fini, c'était brisé » (p. 144). C'est de tout cet amour perdu que Jean hérite, lorsqu'il accepte de conserver, en toute connaissance de cause, le legs de Maréchal. Pardonnant à sa mère, et partageant avec elle un secret que son frère ne faisait que soupçonner, le cadet se met en position de remplacer à la fois l'amant disparu et « l'autre fils », le fils banni. Ce double manque fait définitivement de lui le « petit Jean », celui que l'on chérit au-delà de toute raison, le fils adoré que l'on ne peut plus quitter. Au point que Maupassant multiplie dans les derniers chapitres du roman les signes d'une relation incestueuse entre la mère et le fils, notamment au cours de la longue scène d'aveux qui clôt le chapitre VII, qui peut être lue comme une scène amoureuse à part entière.

La spoliation dont Pierre est victime se poursuit enfin sur le plan moral et psychologique : privé des prérogatives qu'aurait pu lui conférer son âge, l'aîné des frères Roland se voit bientôt écarté de toutes les décisions familiales importantes. Ainsi, il ne prend part ni à la visite chez le notaire ni à la préparation des festivités qui s'ensuivent. Il ne sera pas non plus consulté sur le choix du nouvel appartement de Jean, ou sur le mariage de ce dernier. Même le départ de Pierre, à la fin du roman, paraît obéir à l'injonction du cadet, qui en a soigneusement préparé les conditions de possibilité. C'est que Jean ne se contente pas de prendre la place de son frère : il accapare également celle de son père de substitution, qui la lui cède du reste bien volontiers, au propre lors de la première soirée de fête, puis au figuré en laissant au cadet l'initiative des décisions importantes. De sorte que Roland ne sera informé du mariage de Jean que dans les dernières lignes de l'œuvre…

Le roman familial culmine dans cette ultime inversion des valeurs : non seulement le bâtard a pris la place du fils légitime, chassé comme un bâtard, mais il parvient encore à prendre sur tous les plans la place du faux père qu'il s'est découvert, et qu'il peut à présent mépriser à loisir. « Je te garde toujours, tu es à moi » (p. 179), déclare Jean à sa mère après sa confession. Fils adultère et incestueux à la fois, il a éliminé tous les obstacles qui le séparaient de la fortune, et s'apprête à profiter en toute sérénité de sa nouvelle situation, en se partageant entre l'amour d'une mère et celui d'une épouse. Sauf que la fidélité de cette dernière ne sera peut-être pas éternelle, ainsi que l'a prédit Pierre dans un dernier sarcasme. Et le roman familial pourrait bien alors recommencer, voire ne jamais se terminer.

V UNE AUTHENTIQUE ÉTUDE DE MŒURS

Si *Pierre et Jean* accorde une large place à l'exploitation de la thématique du « roman familial », l'œuvre n'en demeure pas moins, dans le même temps, une authentique étude de mœurs[1], comprenant une peinture originale de la petite bourgeoisie.

1. Voir la lettre de Maupassant à Émile Straus, *Corr.*, n° 485 (Dossier, p. 180).

UNE ÉTUDE DE LA PETITE BOURGEOISIE

Dans ce quatrième roman, Maupassant met en effet en scène, pour la première fois de son œuvre, la modeste bourgeoisie commerçante. Il choisit pour ce faire un couple de boutiquiers parisiens, venus se retirer au Havre après une vie laborieuse dans la capitale, avant d'être rejoints par leurs enfants.

LES ROLAND

La famille Roland répond aux critères de la famille petite-bourgeoise à l'époque de Maupassant : un ménage en apparence uni, un modeste commerce que l'on s'efforce de faire prospérer, deux enfants que l'on pousse à faire des études. Des habitudes et des valeurs, au premier rang desquelles figure bien sûr l'argent. Un univers banal et médiocre, en somme, indissolublement lié pour le lecteur contemporain à la plume satirique d'écrivains qui en supportaient difficilement la bêtise et les idées reçues.

La perspective choisie par l'auteur de *Pierre et Jean* est cependant originale : au lieu de peindre des bourgeois en activité, pris dans les tracas de leurs affaires quotidiennes, il les saisit au moment de leur retraite, une fois leur commerce vendu. De cette existence passée, nous n'apprendrons presque rien, sinon que le mari rudoyait son épouse derrière le comptoir, et que celle-ci se consolait en recevant régulièrement les faveurs d'un certain Maréchal, chef de bureau aux finances[1]. Dès que possible, le père Roland a en effet choisi de quitter la capitale pour s'installer au Havre, où il vit modestement de ses rentes avec sa famille, en s'adonnant à son unique passion : la pêche à la ligne.

1. Par sa profession, qui lui donne une relative aisance, Maréchal appartient donc à la bourgeoisie bien établie. Le père Roland le présente par ailleurs comme un boulevardier, un « Parisien enragé » (p. 77).

Le roman ne comprend donc aucune peinture de la vie commerçante à proprement parler, pas plus qu'il ne nous offre un tableau des mœurs de la bourgeoisie havraise, les Roland ayant une vie sociale réduite au strict minimum. Ainsi, par un curieux renversement, Le Havre n'apparaît pas comme la ville de négoce, cosmopolite et ouverte sur le monde qu'elle était effectivement, mais comme un lieu de rétrécissement, où l'on vient se *retirer* à la fin de sa vie, lorsqu'on a un peu de fortune. Et ce n'est pas l'évocation ponctuelle de quelques transatlantiques, destinée à préparer le dénouement, qui suffit à ouvrir cette perspective.

Dans ce cadre limité, les Roland mènent une existence oisive : le mari pêche, tandis que sa femme, désœuvrée, n'a d'autre distraction que son amitié avec Mme Rosémilly. Son ennui et son regret de la capitale se traduisent notamment par l'« embonpoint assez visible » (p. 68) qu'elle prend depuis son arrivée en province. Les deux enfants ne sont guère plus actifs : après avoir achevé leurs études, Pierre et Jean songent à s'établir, sans entamer de démarche précise pour autant. En attendant, ils s'accordent un temps de repos chez leurs parents, et la narration correspond à cette période de transition entre deux moments de leur vie. Ainsi, à l'ouverture du roman, l'existence de la famille Roland semble menacée par le vide, et tout se passe comme si une chape de plomb (ou de brume) pesait sur la destinée de ces personnages éminemment médiocres.

En réduisant son champ d'observation à une famille désœuvrée, évoluant dans un cadre restreint, Maupassant adopte une perspective volontairement étriquée, voire étouffante. Mais c'est aussi ce choix qui lui permet d'offrir une vision particulièrement juste de cet univers figé et de l'événement perturbateur qui vient le bouleverser.

PEINTURES D'INTÉRIEUR

La description de différents espaces intérieurs concentre cette appréhension singulière de la bourgeoisie. On a pu montrer en effet que *Pierre et Jean* se fondait, entre autres faits de structures, sur une oscillation entre le dedans et le dehors, notamment motivée par les allées et venues incessantes du personnage principal. Si la mer et les diverses promenades qui lui sont associées représentent à l'évidence une ouverture, source de réconfort puis d'angoisse pour Pierre [1], les lieux clos, et notamment les lieux d'habitation, sont presque toujours synonymes d'enfermement.

1. Voir sur ce point l'étude détaillée de Claudine Giacchetti, *Maupassant. Espaces du roman*, Droz, 1993, p. 53-82.

La maison des Roland est caractéristique de cette clôture. En effet, le domicile familial n'est décrit qu'à travers son manque d'espace : « C'était une maison étroite, composée d'un rez-de-chaussée et de deux petits étages » (p. 74). Au rez-de-chaussée sont situés le salon, si étriqué que toute présence étrangère y devient gênante, et la salle à manger, où les Roland parviennent malgré tout à organiser un petit dîner de fête. Les chambres se répartissent quant à elles dans les deux petits étages, celle des parents au premier, celles des enfants au second. Mal isolées, elles laissent filtrer les moindres bruits, notamment les ronflements du père Roland et de Jean. Aucune intimité véritable n'est donc possible dans ce modeste logis, que les deux frères aspirent d'ailleurs à quitter.

Pierre surtout y éprouve un malaise croissant, à la fois physique et moral : « Cette maison, la maison de son père l'écrasait. Il sentait peser le toit sur sa tête et les murs l'étouffer » (p. 134).

Si la maison des Roland est synonyme d'enfermement, c'est surtout à travers l'évocation du nouvel appartement de Jean, au chapitre VII, puis à travers celui de Mme Rosémilly au chapitre suivant que Maupassant poursuit sa peinture des mœurs bourgeoises. Beaucoup plus détaillées, ces descriptions reproduisent en effet les écarts socio-économiques qui ne cessent de se creuser entre les personnages au fil de l'œuvre. Ainsi, tout oppose la maison des Roland, située dans la modeste rue Belle-Normande, à l'appartement loué par Jean à une adresse majestueuse, boulevard François-Ier. Ce nouveau logis, un grand entresol que le lecteur a découvert une première fois à travers les yeux de Pierre, se distingue par son espace et son ouverture sur le dehors : il dispose en effet de *deux portes* donnant sur *deux rues* différentes, de *deux salons*, d'une *galerie vitrée* et enfin d'une *salle à manger en rotonde*, avec *vue sur la mer* (p. 99). Et quelques mois plus tard, l'appartement a encore plus fière allure lorsque Jean le présente à sa famille : luxueusement illuminé et richement décoré, il illustre la fortune nouvelle du cadet autant que son tempérament de parvenu. Ignorants des règles du bon goût, Jean et sa mère n'ont en effet respecté aucune harmonie entre les pièces, se contentant de placer en chacune tout ce qui pourrait avoir « grand air » aux yeux de la future clientèle de l'avocat. Ainsi, tandis que la galerie vitrée regorge de plantes exotiques, le premier salon, tendu d'une étoffe vieil or, est décoré dans un style on ne peut plus classique. Le grand salon est quant à lui recouvert d'une teinture rouge saumon qui jure avec celle du premier, et la chambre à coucher adopte un décor champêtre, qui rappelle la chambre de Jeanne dans *Une vie*. Enfin, la salle à manger, aménagée en « lanterne japonaise » (p. 170) avec des meubles d'un exotisme de pacotille et force bibelots japonisants, concentre tout le mauvais goût dont ont su faire preuve la mère et le fils. L'ensemble de cette décoration, d'un style « prétentieux et maniéré », reflète les aspirations d'une bourgeoisie certes aisée, mais peu éduquée et en définitive très provinciale.

La visite de Jean et de sa mère à Mme Rosémilly, au chapitre VIII, est l'occasion d'un nouveau tableau d'intérieur réaliste, qui répond au précédent. Là encore, il s'agit pour Maupassant de révéler indirectement à son lecteur les goûts et les habitudes de la propriétaire des lieux. La jeune veuve habite légèrement à l'écart du centre-ville, sur la route de Sainte-Adresse, un appartement très spacieux lui aussi, et entièrement tourné vers la mer. Mais on n'y trouve cette fois nulle trace d'exotisme ou de fantaisie : l'ordre et la

« rectitude » (p. 198) caractérisent le sobre mobilier de Mme Rosémilly, recouvert de housses par mesure de propreté et d'économie. Le papier à fleurs et la pendule Empire, où une mappemonde semble « mûrir comme un melon d'appartement », concentrent le piètre goût de la jeune femme, plus modeste et discret cependant que celui de son futur époux.

Enfin, le regard du narrateur s'arrête longuement sur les quatre gravures du salon, achetées par le premier mari de la jeune veuve. La mode des gravures, souvent associée à un engouement pour la romance sentimentale dans les familles bourgeoises, était très répandue à l'époque, et le dessin de celles qui ornent le salon de Mme Rosémilly est on ne peut plus commun, rappelant le style des illustrations de mode [1]. Le choix du sujet n'est guère plus original : chaque couple de gravures illustre une scène de séparation maritime, dans deux classes différentes de la société. Le premier ensemble fait écho à l'histoire de la jeune veuve elle-même : une femme de pêcheur pleure la disparition de son mari, dont la barque a été emportée par une violente tempête. Le second couple d'images met en scène une femme distinguée qui ressemble *comme une sœur* à la précédente, et préfigure sur un mode sentimental l'exil de Pierre.

Le narrateur souligne avec une insistance ironique la puissance de *fascination* de ces quatre modestes gravures sur les visiteurs du salon : chacun peut y projeter

1. Sur ce point, on pourra se reporter à l'article de Joseph-Marc Bailbé, « Pierre et Jean, symphonie bourgeoise », *Études normandes*, n° 232, 1979, p. 219-229.

à loisir une part de sa rêverie et de sa sensibilité. Cette ironie fonctionne comme une mise en garde pour le lecteur averti : derrière la banalité affichée de ces sujets et l'empathie qu'ils suscitent, se cache un écho de l'intrigue : ces gravures duelles, qui mettent en scène la ressemblance et la disparition dans des classes sociales différentes, reproduisent le piège dans lequel Pierre s'est trouvé enfermé malgré lui, et dont il ne pourra s'échapper qu'au prix d'un exil douloureux. Les gravures du salon de Mme Rosémilly remplissent donc une double fonction : comme éléments de décor, elles ont une fonction référentielle destinée à nous donner des indications sur le milieu social et les goûts de la jeune femme ; d'un point de vue symbolique, elles offrent une possibilité de mise en abyme intéressante de l'intrigue.

André Vial, dans *Maupassant et l'art du roman*, souligne la récurrence de ce dispositif des quatre gravures chez le romancier. Le salon de Mme de Marelle, dans *Bel-Ami*, comprend ainsi quatre tableaux accrochés de travers, « représentant une barque sur un fleuve, un navire sur la mer, un moulin dans une plaine et un bûcheron dans un bois ». Toujours dans ce roman, le banquier Walter expose ses toiles par groupes de quatre, avec un premier ensemble relevant de la « grande peinture », destiné à impressionner les visiteurs, et un second plus fantaisiste. Dans *Mont-Oriol* enfin, la cuisine de la famille Oriol, très soignée, est ornée de quatre gravures d'Épinal sous verre… Par-delà le systématisme du procédé, les effets de rappel ainsi créés soulignent l'importance symbolique que le romancier accordait à cet élément décoratif. On peut enfin voir dans ce dispositif un rappel des quatre lithographies suspendues aux panneaux des Chanteau, dans *La Joie de vivre* de Zola (1884), roman que Maupassant appréciait beaucoup [1].

1. André Vial, *Maupassant et l'art du roman*, *op. cit.*, p. 271-272.

Les peintures d'intérieurs, particulièrement soignées, permettent donc à Maupassant d'enrichir son roman de notations socio-économiques précises, tout en introduisant entre les personnages principaux, qui appartiennent tous à une bourgeoisie plus ou moins aisée, de subtiles différenciations.

SCÈNES DE LA VIE DE PROVINCE

La peinture des mœurs bourgeoises passe également par l'évocation d'un quotidien fortement ritualisé, notamment rythmé par les nombreux repas familiaux pris à heures fixes (traditionnellement midi et sept heures du soir), les petites réunions qui suivent le dîner du soir, selon la mode du thé « à la russe » de l'époque, et les promenades maritimes.

QUELQUES RITUELS FAMILIAUX

Comme bien d'autres romans naturalistes, *Pierre et Jean* accorde une place importante à l'évocation de la nourriture et au rituel de la table qui scande la vie des personnages aussi bien que la temporalité romanesque [2]. Les Roland, en bons bour-

2. Sur ce sujet, voir l'article de Louis Forestier, « La nourriture dans *Pierre et Jean* », *in* Christopher Lloyd et Robert Lethbridge (dir.), *Maupassant conteur et romancier*, Durham, 1994, p. 149-159.

geois, apprécient la bonne chère et les bons vins, comme en témoigne le « gros ventre de boutiquier » du père, « rien qu'un ventre où semblait réfugié tout le reste du corps » (p. 106). Ainsi se met-on beaucoup à table dans ce roman, où l'on ne compte pas moins de onze déjeuners ou dîners, sans compter les consommations ponctuelles et les buffets. Le plus souvent, les repas sont pris dans la modeste salle à manger de la rue Belle-Normande, et Maupassant ne s'attarde pas sur leur composition. Davantage que le menu, c'est le fait de se réunir en famille qui compte, contrainte de plus en plus pesante pour Pierre. Ce rituel est si immuable que, lorsque certains événements (qui lui échappent totalement) viennent à le bouleverser, le père Roland entre dans une colère noire et fait immédiatement chercher Pierre qui manque à l'appel (p. 169).

Dans le roman, un repas se distingue cependant de tous les autres : celui que les Roland offrent à quelques amis pour fêter la « bonne nouvelle » de l'héritage. S'il réunit peu de convives (six couverts en tout, alors que les traités culinaires de l'époque n'hésitaient pas à en prévoir une trentaine), ce dîner n'en demeure pas moins fastueux sur tous les plans. Le menu, tout d'abord, est particulièrement gastronomique et répond au schéma classique d'un repas en trois services, avec potage, relevé et entrée, puis rôti et entremets, et enfin série de desserts. En voici plus précisément le détail : potage, bar « énorme », vol-au-vent, pour le premier service, puis poulet rôti, salade, haricots verts, pâté d'alouettes de Pithiviers pour le deuxième, succédé de quatre assiettes de douceurs comprenant des pêches, un gâteau à la crème « monumental », des tranches d'ananas au sirop et du raisin noir, un luxe « inouï » pour l'époque (p. 107). Le tout arrosé de vins, notamment de madère, puis de champagne. L'alcool déliant les langues, c'est tout naturellement de bonne chère qu'il est question durant ce repas : le capitaine Beausire ne peut s'empêcher de revenir sur un mémorable dîner à Saint-Domingue, tandis que le père Roland fait le récit d'un autre repas gargantuesque à Meudon. Dans le même temps, Mme Rosémilly, Mme Roland et Jean font le projet d'un déjeuner à Saint-Jouin… On ne saurait mieux traduire l'obsession culinaire des personnages, tous guettés par l'embonpoint, à moins de courir le risque d'être *dévoré*, à l'instar de Pierre qui ne participe pas à la liesse générale.

Ce dîner se poursuit-il pour autant dans le respect des règles de l'art ? Si les Roland affichent grand train, il n'est pas sûr qu'ils maîtrisent les *manières* de la haute bourgeoisie qu'ils aspirent à imiter. Ainsi, la série de toasts portés à la fin du repas est marquée par l'ivresse qui, peu à peu, a gagné les convives : le capitaine Beausire s'empêtre dans une métaphore grotesque, tandis que le père Roland ne trouve presque rien à bredouiller. Seule Mme Rosémilly s'exprime avec sincérité, mais l'usage voudrait justement qu'une femme ne prenne pas la parole en de telles circonstances. Autre fausse note : alors que l'habitude de boire du champagne durant la totalité d'un repas, sans le mélanger à d'autres alcools, se répandait dans la bonne société, les Roland persistent à ne le servir qu'au dessert[1]... Enfin, la présentation des différents mets de ce dîner constitue, à y regarder de près, une dernière faute de goût. Si la tradition de l'époque accordait certes beaucoup d'importance au décor et à l'apparence, un plat n'étant attrayant que *dressé*, les Roland semblent sacrifier sans mesure à cette habitude. Dès le premier service, la table se voit en effet surchargée de tous les desserts, montés en « pyramides » sur des compotiers, et dominés par le « dôme pavoisé » d'un énorme bouquet, « rempli de faveurs de soie » (p. 107). Un tel luxe *pyramidal* ne peut manquer de tomber dans la vulgarité, et de rejoindre la catégorie des « ouvrages inutiles » que critiquait Flaubert dans le *Dictionnaire des idées reçues*. Ainsi, la précision dont Maupassant fait preuve dans l'évocation toute naturaliste de ce dîner de fête lui permet avant tout de mettre en évidence la médiocrité de ses personnages, tout en soulignant la solitude croissante de Pierre.

D'autres rituels familiaux, moins développés, participent de la peinture des mœurs dans ce bref roman. Ainsi le thé

1. « Il n'y a que les bourgeois qui le boivent au dessert », notait en effet Alfred Delvau, cité par Louis Forestier, art. cit., p. 154.

du soir est-il devenu chez les Roland une tradition, qui a notamment permis à la famille de faire la connaissance de Mme Rosémilly : « [elle] avait pris l'habitude de venir faire un bout de tapisserie et de causette, le soir, chez ces aimables voisins » (p. 64-65). C'est également une tasse de thé qui clôture, à la fin du premier chapitre, la visite du notaire. Après l'annonce de l'événement perturbateur, Maupassant ménage en effet un temps de pause dans le récit, qui lui permet de camper en quelques lignes des personnages secondaires tels que Me Lecanu ou la bonne des Roland, tout en insistant discrètement sur les habitudes d'économie de la famille. Ainsi, ce ne sont pas des pâtisseries qui accompagnent le thé du soir, mais des gâteaux secs, « fades et cassants », rangés dans de profondes boîtes en fer-blanc[1]. Ce détail complète, dans le même paragraphe, celui des petites serviettes grises que l'on distribue mais que l'on ne lave jamais (p. 81), ou, au chapitre VII, celui du sucre et des liqueurs que l'on « serre » dans un meuble soigneusement fermé à clef, par précaution (p. 171).

1. Dans *Fort comme la mort* et dans *Notre cœur*, Maupassant reviendra sur ce rituel du thé, dans une version plus aristocratique cette fois.

SUR L'EAU

Ce rappel de quelques rituels proprement bourgeois serait incomplet si l'on n'évoquait les nombreuses promenades maritimes qui rythment la vie des Roland. Ainsi, la sortie en mer initiale, occasion d'un point de vue sur toute la rade du

Havre, est suivie le soir même d'une promenade solitaire de Pierre sur la jetée, traditionnelle chez les Havrais. Deux jours plus tard, le jeune homme choisit de reprendre la *Perle* pour une nouvelle excursion en compagnie du matelot Jean-Bart, sortie qu'il achève cette fois dans une brume glaciale. Le soir, il s'échappe encore sur la jetée du port, où le poursuivent les pensées les plus angoissantes. Le lendemain matin, Pierre prend la navette de neuf heures pour Trouville, où il passe une journée solitaire, sans parvenir à trouver l'apaisement recherché. Malgré l'agacement croissant du personnage, Maupassant esquisse en quelques lignes un tableau impressionniste de la célèbre plage, où se retrouvent les coquettes du monde et du demi-monde, en toilettes colorées, semblables à des « bouquets énormes dans une prairie démesurée » (p. 140).

Les derniers chapitres du roman font à nouveau place aux promenades maritimes en famille : si l'on se rend à Saint-Jouin en break (et non à la voile, comme le souhaitait le père Roland), c'est pour pêcher la salicoque, après un déjeuner dans la plus fameuse auberge du pays. Enfin, le dénouement fait référence à un épisode traditionnel de la vie des Havrais : le départ d'un transatlantique, fêté comme il se doit par la population locale. Le déplacement de point de vue occasionné par l'initiative du père Roland, qui a souhaité assister à la scène depuis son bateau, permet de découvrir toute la ferveur de la foule, « massé[e] sur les môles, sur la plage, aux fenêtres, emporté[e] soudain dans un élan patriotique » (p. 215).

Ainsi, loin d'être seulement un motif poétique, la mer se trouve au centre des habitudes quotidiennes de la famille Roland, et participe à ce titre de la peinture réaliste des mœurs que nous offre le roman. En accord avec cette exigence, Maupassant use d'ailleurs d'un vocabulaire précis et parfois technique pour évoquer certains aspects de ces promenades maritimes : les noms des voiles sont mentionnés avec exactitude (le « petit perroquet », la « misaine », le « foc »...), de même que celui des « lanets » qui servent à attraper la « salicoque » (p. 156). Aux peintures d'intérieur de la vie des Roland répondent ainsi quelques esquisses maritimes, qui, si elles ne permettent pas d'ouvrir le roman sur un dehors véritable, lui donnent du moins un rythme propre.

LE RÔLE DE L'ARGENT

Toute étude d'un milieu déterminé, en particulier de la bourgeoisie, accorde une place importante aux notations économiques, et *Pierre et Jean* ne fait pas exception à la règle. Au long du roman, Maupassant met ainsi en évidence le rôle de l'argent dans la peinture des caractères et des mœurs aussi bien que dans le développement de l'intrigue. Sur le plan symbolique, enfin, l'argent permet de souligner la perversion des rapports humains et les phénomènes d'exclusion qui en résultent.

ÊTRE ET AVOIR

Le rapport que les personnages entretiennent avec l'argent est un élément fondamental de la peinture des mœurs dans le roman. Le motif de l'argent entre d'ailleurs dans la présentation initiale de l'ensemble des protagonistes, au même titre que les notations physiques ou morales. Ainsi, le premier mot du livre est un juron du père Roland, qui se lamente ensuite du maigre résultat de sa pêche. « *Combien* en as-tu pris [...] ? » demande-t-il à Pierre, en contemplant le « flot d'*argent* » des bêtes palpitant dans sa manne (p. 62). Mais la déception du père Roland est davantage le fait de l'amateur de bonne chère que de l'homme cupide. Pour cet ancien bijoutier, l'argent est avant tout destiné à la satisfaction de plaisirs immédiats et quantifiables, de préférence liés au registre alimentaire. Aussi Roland a-t-il renoncé tôt à son commerce et à la possibilité de s'enrichir davantage, pour se consacrer entièrement à ses loisirs nautiques. À travers une série de métaphores, l'argent continue cependant de faire le lien entre ces deux activités, également placées sous le signe de l'échange et du gain.

Louise Roland entretient pour sa part un rapport plus prudent avec l'argent.

Soucieuse de l'avenir de ses enfants, elle est davantage encline à la thésaurisation, et fait grief à son mari d'avoir trop vite abandonné son métier. Son portrait initial fait d'ailleurs une large place à ces préoccupations financières : cette « *économe* bourgeoise » est « douée d'une âme tendre de *caissière* » (p. 64), « bien tenue comme *un livre de comptes* ». Selon le mot de Pierre enfin, sa mère sait « le prix de l'argent » (p. 68). Aussi songe-t-elle, après l'héritage de son fils cadet, aux meilleurs moyens de faire fructifier cette fortune inattendue, tandis que son mari n'y verrait pour sa part qu'un moyen de s'offrir un surcroît de plaisir. C'est encore dans une perspective d'accumulation du capital que Louise Roland favorise le mariage de Jean avec Mme Rosémilly, qui dispose quant à elle d'une fortune solide et bien établie. D'emblée, cette alliance apparaît donc commandée par un intérêt dont le fils se préoccupe également beaucoup. Une fois en possession de son héritage, ce n'est en effet qu'après un minutieux calcul que ce dernier fait sa demande : « Elle était moins riche que lui maintenant, car elle ne possédait qu'une douzaine de mille francs de revenu, mais en biens-fonds, en fermes, et en terrains » (p. 157). La conclusion de ces réflexions très concrètes confirme à nouveau l'ordre des priorités de Jean : « La fortune était donc à peu près équivalente, et la jeune veuve assurément lui plaisait beaucoup » (*ibid.*).

La situation financière des personnages

secondaires est également précisée : Marowsko a tout perdu en quittant la Pologne, et, en attendant la prochaine installation de Pierre, dont il espère une belle clientèle, il subsiste misérablement « en vendant des remèdes aux petits bourgeois et aux ouvriers de son quartier » (p. 91). Quant à la serveuse de brasserie, dont les caresses sont à vendre, sa pauvreté ne fait aucun doute. Entre tous ces êtres, enfermés à des titres différents dans leur solitude, l'argent constitue un lien essentiel, qui n'est pourtant le gage d'aucun échange véritable ni d'aucune fidélité : Marowsko est « trahi » par Pierre dans ses attentes, de même que ce dernier ne pourra espérer aucune compassion des êtres qui l'entourent, notamment de la servante de brasserie qui ne lui accorde pas la moindre attention au moment de son départ.

LE MOTEUR DE L'INTRIGUE

Il n'est guère que Pierre et Jean qui entretiennent au début de l'œuvre un rapport neutre avec l'argent. Êtres en devenir, leur fortune reste entièrement à faire, et celle-ci semble devoir ne dépendre que d'eux-mêmes. Sur ce plan, bien que dotés de caractères très différents, les deux frères paraissent disposer au départ de chances comparables.

L'un d'eux se voit pourtant favorisé de la manière que l'on sait dès la fin du premier chapitre. À ce titre, l'annonce du legs de Maréchal remplit le rôle de déclencheur de l'intrigue. Le montant de l'héritage est d'ailleurs mentionné précisément par le notaire : « une vingtaine de mille francs de rentes en obligations trois pour cent » (p. 78), ce qui représente pour les modestes bourgeois que sont les Roland un capital très important. Du jour au lendemain Jean devient donc bien plus riche que ne l'ont jamais été ses parents.

Introduisant une véritable fracture sociale entre les personnages, et notamment entre les deux frères, l'argent devient un puissant agent de *différenciation*. L'enrichissement de Jean, souligné par l'accumulation d'objets qu'il acquiert pour son nouvel appartement, contraste nettement avec la simplicité des Roland, et plus encore avec le dénuement croissant de Pierre, contraint de vendre sa montre pour ne plus avoir à mendier son argent de poche. Cette soudaine différence de condition agit également comme un révélateur des traits de caractère qui opposent les deux frères : chez Jean, la médiocrité et la mollesse ressortent tout à coup avec évidence, confortées par l'assurance que donne la fortune. Chez Pierre, c'est au contraire une farouche volonté d'indépendance qui ne cesse de s'affirmer, conduisant le jeune homme à accepter de s'embarquer, à la fin du roman, comme *salarié* à bord de la *Lorraine*. L'opposition entre les deux frères est alors maximale : l'aîné se voit réduit à sa seule force de travail et à de maigres appointements [1], qui ne pourront lui permettre aucune économie significative. Le cadet, quant à lui, ne prend une profession que pour faire fructifier une fortune déjà acquise, et, comme le souligne sa mère, pour ne pas perdre le fruit de ses études (p. 97). Les discussions au sujet du choix de la « meilleure carrière » à adopter, de plus en plus tendues au fil du roman, témoignent de cet écart grandissant entre les deux frères, qui ne parviennent plus à donner aux mots « travail » et « valeur » le même sens. Il est significatif, à cet égard, que l'œuvre s'achève sur une image forte de l'opposition des classes : le paquebot sur lequel embarque Pierre, avec ses salons pour millionnaires d'un côté, son entrepont pour miséreux de l'autre, concentre ces différences, sans que ces deux univers paraissent devoir se rencontrer ailleurs que dans le regard du personnage.

L'argent est enfin et surtout un moteur de l'action sur le plan de l'analyse psychologique : la fortune soudaine de Jean entraînant chez Pierre une première réaction de jalousie, vague et instinctive, ce dernier est conduit à s'interroger sur ce qui deviendra le nœud de l'intrigue, l'*origine* problématique de ce legs. Et cette question, très vite, occulte toutes les autres, mettant en branle le mécanisme d'une enquête aussi douloureuse qu'incontrôlable.

1. Cinq mille francs de traitement fixe, selon les précisions de Jean lui-même (p. 193).

VI UN ROMAN D'ANALYSE PSYCHOLOGIQUE

Pierre et Jean, roman familial riche d'une peinture des mœurs authentique, est enfin et surtout un singulier roman d'analyse. Nous avons pourtant rappelé, au cours du deuxième chapitre, les réticences de Maupassant lui-même à l'égard de ce type de littérature, suspectée de se complaire dans la spéculation, au détriment de la construction de l'intrigue aussi bien que de la vitalité des personnages. Ainsi Maupassant prenait-il clairement parti, dans son étude liminaire, pour les écrivains « objectifs », dont les œuvres sont à ses yeux plus « sincères » et plus vraisemblables.

Il n'en demeure pas moins que la dimension analytique est très présente, voire omniprésente dans *Pierre et Jean*, où le bouleversement psychologique du personnage principal fait l'objet d'une évocation minutieuse. Ce paradoxe, ou du moins cet écart, assumé par l'auteur dès les premières lignes de son essai, peut se comprendre de plusieurs manières : tout d'abord, si, dans un contexte éminemment polémique, Maupassant théoricien se doit de privilégier la clarté et les oppositions didactiques, le romancier n'est pas soumis aux mêmes impératifs. Cette divergence entre l'homme de pensée et l'artiste est du reste fréquente chez les créateurs, et l'on pourrait ici se référer plus longuement à l'exemple de Zola, dont l'écriture romanesque est fort loin de coïncider avec la doctrine « officielle » du naturalisme. De plus, si Maupassant, dans son essai, se montre critique à l'égard du roman d'analyse *pure*, qui réduit l'intrigue à un simple *prétexte* à des développements abstraits, il ne condamne nullement l'écriture introspective en tant que telle, lorsqu'elle se trouve complétée par d'autres dimensions du romanesque. Et c'est précisément à cet équilibre que parvient *Pierre et Jean*, où la part objective, maintenue tout au long de l'œuvre, fait pendant à l'intériorisation des données de l'intrigue.

UNE ÉTUDE DE LA JALOUSIE

UNE THÉMATIQUE RÉCURRENTE

Dans ses trois derniers romans, Maupassant accorde une place croissante au motif de la jalousie : jalousie pour la fortune subitement acquise d'un frère, et plus violemment, jalousie de fils et d'homme trompé à l'égard d'une mère pressentie coupable dans *Pierre et Jean*, jalousie dévorante de Bertin à l'égard de son jeune rival dans *Fort comme la mort*, et enfin, jalousie à l'égard d'une séduisante mondaine qu'André Mariolle, dans *Notre cœur*, devine foncièrement volage et incapable d'amour. À la même époque, d'autres œuvres reviennent avec une remarquable constance sur cette thématique : citons, parmi d'autres, *Cruelle énigme* (1884), *Un crime d'amour* (1886) et *Un cœur de femme* (1890) de Paul Bourget, ou encore *Le Lys rouge* (1894) d'Anatole France. Quelques années plus tard enfin, Proust accordera la place que l'on sait à l'analyse de la jalousie dans *À la recherche du temps perdu*. Une étude chronologique de ces quelques œuvres nous permettrait de montrer que ce motif, envisagé d'un point de vue structurel aussi bien que thématique, se présente, au tournant du siècle, comme le vecteur privilégié de l'intériorisation du romanesque.

Durant le dernier quart du XIXe siècle, la psychologie, désormais autonome et scientifique, connaît un essor remarquable. La discipline commence à s'institutionnaliser, et des « psychologues » apparaissent, qui se présentent comme les détenteurs d'un savoir et d'une pratique spécialisés. L'ensemble des travaux de psychologie publiés à cette époque contribue à mettre en lumière une nouvelle conception de l'individu, fondée sur l'intuition, puis la certitude que la conscience ne révélerait qu'une infime partie de l'être, tandis qu'une autre, subconsciente ou inconsciente, resterait entièrement à explorer. Pourtant, l'étude des sentiments eux-mêmes reste dans un premier temps la portion congrue de cette effervescence, qui lui préfère l'observation (*via* l'hypnose ou la suggestion) de phénomènes plus spectaculaires tels que les dédoublements de personnalité, le somnambulisme ou encore la possession hystérique.

Le sentiment jaloux, en particulier, n'a quasiment pas retenu l'attention des psychologues de la fin du XIXe siècle. Théodule Ribot, dans un ouvrage pourtant intitulé *La Psychologie des sentiments* (1896), ne lui fait aucune véritable place. Seul Paul Moreau de Tours (fils du plus connu Jacques Moreau, qui faisait goûter du haschich aux poètes des années 1840...) lui consacre une monographie, *De la folie jalouse*, publiée en 1877 chez Asselin. L'ouvrage se présente comme un catalogue de faits, provenant d'observations médicales conduites à la Salpêtrière ainsi que d'articles de journaux. Dans la quasi-totalité des cas, les victimes d'accès de fureur jalouse évoquées par Moreau sont issues du petit peuple, et elles apparaissent bien éloignées du « personnel romanesque » d'écrivains fin de siècle tels que Bourget, France, et même le dernier Maupassant. C'est que ces derniers, qui privilégient dans leurs œuvres les âmes bien nées et font de la subtile intériorité de leurs personnages une valeur distinctive, ne poursuivent pas les mêmes buts que les psychologues, souvent animés de préoccupations sociales, voire philanthropiques.

LE VECTEUR DE L'INTIME

Dans *Pierre et Jean*, le motif de la jalousie est introduit très tôt, dès la présentation initiale des personnages : le narrateur souligne ainsi que les relations des deux frères sont minées par « une vague jalousie, une de ces jalousies dormantes qui grandissent presque invisibles entre frères ou entre sœurs jusqu'à la maturité » (p. 63). Cette animosité voilée remonte à l'enfance des personnages, et elle est présentée, du côté de Pierre, comme une réaction animale et primitive : « Pierre, âgé de cinq ans à la naissance de Jean, avait regardé avec une hostilité de petite bête gâtée cette autre petite bête apparue tout à coup dans les bras de son père et de sa mère, et tant aimée, tant caressée par eux » (p. 63-64). L'enjeu de cette rivalité est donc avant tout d'ordre affectif : c'est d'amour qu'il est question, et surtout d'amour *maternel*. Des années plus tard, lorsque les deux frères entament une cour parallèle à Mme Rosémilly, « moins par désir de lui plaire que par envie de se supplanter » (p. 65), l'enjeu est toujours le même : la jeune veuve est d'emblée présentée comme un substitut de la mère, dont elle partage maints traits de caractère, et ce sont donc toujours les mêmes faveurs qu'il s'agit de recueillir.

Le legs inattendu de Maréchal révèle et aiguise cette rivalité latente entre les deux frères : à la suite de l'annonce qui clôt le premier chapitre, Pierre éprouve un malaise qui se manifeste d'abord, sur le plan physique, par une sensation de « pesanteur » et d'« engourdissement » du corps (p. 85). Son tempérament de médecin le pousse à analyser les symptômes d'un malaise qui se traduit également, sur le plan de la volonté, par l'apparition de désirs contradictoires : être seul et rencontrer des amis, marcher et rester immobile... Remontant la chaîne des causes et des effets, Pierre a tôt fait d'identifier l'origine de son malaise persistant, qu'il explique par un sentiment d'envie. Le jeune homme pense alors avoir découvert « l'essence de la jalousie, celle qui est parce qu'elle est », et se promet de soigner la cause de ce mal inattendu pour s'en débarrasser rapidement.

Il en ira, bien sûr, tout autrement : ce n'est que l'aspect le plus superficiel de ce sentiment négatif que Pierre vient de reconnaître. Mais qu'importe ; c'est bien la jalousie qui, la première, conduit le personnage à pratiquer un retour sur lui-même et à lever progressivement le voile sur cette part d'altérité intime qu'il ne soupçonnait pas : « Il se sentait mieux, content d'avoir compris, de s'être surpris lui-même, d'avoir dévoilé l'autre qui est en nous » (p. 87). Un premier pas est franchi, et aucun retour en arrière ne sera désormais possible.

C'est en effet ce premier mouvement de jalousie, ajouté à la rivalité latente des deux frères, qui amène le personnage à poursuivre son enquête, de manière inconsciente tout d'abord (en racontant l'événement à deux témoins), puis lucide. Au cours du douloureux questionnement que poursuit dès lors Pierre, la jalousie, qui joue un rôle moteur, change de nature et même d'objet. Très vite, en effet, ce n'est plus la fortune de Jean qui fait problème, mais son origine, incompréhensible en l'absence d'explication rationnelle. Le soupçon, esquissé par Marowsko et la fille de brasserie, puis reformulé par

Pierre pour la première fois au chapitre III[1], conduit en effet le personnage à la terreur d'une chose « épouvantable » (p. 122), qui n'est autre que la prise de conscience de l'imperfection maternelle. Cette faute confirmée, c'est une jalousie violente et destructrice qui s'empare de Pierre : « Il la regardait avec une colère exaspérée de fils trompé, volé dans son affection sacrée, et avec une jalousie d'homme longtemps aveugle qui découvre enfin une trahison honteuse » (p. 145). Ce sentiment violent, exaspéré par l'amour œdipien que le personnage porte à sa mère, est très éloigné du premier mouvement d'envie qui avait saisi Pierre à l'annonce de l'héritage. C'est pourtant ce germe initial, ce « levain de jalousie » (p. 115), qui a conduit Pierre à se retourner non seulement sur le passé familial, mais aussi sur lui-même.

Si cette jalousie à l'égard de la mère, ou plutôt de son passé, s'inscrit en Pierre comme une blessure profonde, celle-ci finit cependant par « s'émousser[2] » avec le temps, et par se confondre avec la conscience d'une solitude plus vaste, qui n'est qu'un des noms de la misère[3]. L'ouverture pratiquée au dernier chapitre sur les *déshérités* qui peuplent l'entrepont de la *Lorraine* ne suffit cependant ni à équilibrer le roman entre le dedans et le dehors, ni à relativiser l'histoire de Pierre. C'est bien du côté de l'intime et dans les replis de la mémoire que se situe l'origine de la souffrance.

1. « Oui, cette fille avait dû croire que Jean était le fils de Maréchal » (p. 104).

2. « À force d'avoir souffert et fait souffrir les autres, sa douleur agressive et vengeresse s'était fatiguée, comme une lame émoussée. Il n'avait presque plus le courage d'en vouloir à quelqu'un et de quoi que ce fût [...] » (p. 210).

3. Dans les derniers chapitres du roman, on remarquera d'ailleurs que le terme de jalousie est systématiquement employé par Jean, et non plus par Pierre.

L'ENQUÊTE MÉMORIELLE

Les personnages maupassantiens entretiennent dans l'ensemble un rapport problématique avec leur passé. Très souvent, en effet, celui-ci se caractérise par le sentiment d'une perte irrémédiable, qui n'est pas incompatible avec le retour obsédant de certains souvenirs. Dans *Une vie*, le romancier fait ainsi une place importante à l'évocation des « réveils inattendus de la mémoire » qui surprennent Jeanne, le personnage principal. Mais si le passé se rappelle facilement à qui ne le cherche pas, il a fâcheusement tendance à se dérober à la mémoire volontaire de qui éprouve soudain l'impérieux besoin de le reconstituer, d'établir des faits qui lui échappent. La mémoire échappe ainsi au contrôle de la volonté[1]. Et tandis que la réminiscence, resurgissant spontanément à la faveur d'un écho du passé dans le présent, peut avoir la précision d'un instantané photographique, le souvenir recherché, essentiellement labile, menace toujours de s'évanouir.

1. Ce que soulignait déjà Montaigne : « La mémoire nous représente, non pas ce que nous choisissons, mais ce qui lui plaît » (*Essais*, Gallimard, « Folio », II-12).

Dans *Pierre et Jean*, l'enquête menée par le personnage principal sur le passé familial se présente avant tout comme une réaction aux insinuations du pharmacien Marowsko et de la fille de brasserie. Devant ces soupçons, un besoin de vérité se fait jour, qui se transforme, au cours du chapitre IV, en nécessité vitale, occupant bientôt tout l'esprit de Pierre. Ainsi, l'enquête vise d'abord à disculper la mère, dont la possible faute représente pour le jeune homme une idée totalement insupportable.

Dans *Une vie*, Jeanne est confrontée, immédiatement après la mort brutale de sa mère, à la découverte du passé galant de cette dernière. Cette prise de conscience, involontaire et subie, entraîne chez la jeune femme un immense chagrin, suivi de la rupture des dernières illusions.

Après avoir brûlé les lettres d'amour de la baronne, Jeanne se demande si son amour pour sa mère n'en sera pas affecté pour toujours : « Et une atroce réflexion lui vint : si petite mère n'était pas morte, par hasard, si elle n'était qu'endormie d'un sommeil léthargique, si elle allait soudain se lever, parler ? — La connaissance de l'affreux secret n'amoindrirait-elle pas son amour filial ? L'embrasserait-elle des mêmes lèvres pieuses ? La chérirait-elle de la même affection sacrée ? Non. Ce n'était pas possible ! Et cette pensée lui déchira le cœur[1]. »

---

1. *Une vie*, Gallimard, « Folio », 1974, p. 184.

Dans un premier temps, Pierre ne doute pas qu'il lui sera possible de trouver une réponse à ses interrogations : « Il lui fallait la lumière, la certitude, il fallait dans son cœur la sécurité complète, car il n'aimait que sa mère au monde » (p. 122). La confiance du personnage est ainsi établie avec netteté, en même temps que le succès *impératif* de l'enquête, dont dépend *l'unique amour*. Cette singulière investigation porte sur un passé lointain, qu'il s'agit de reconstituer en partant du point le plus éloigné, pour en arriver à l'explication de l'héritage, en appliquant le principe de l'enchaînement des causes et des effets. Telle est du moins l'illusion que nourrit encore Pierre, parfaitement confiant dans la rigoureuse méthode qu'il se propose de suivre : « Et tout seul en errant par la nuit, il allait faire, dans ses souvenirs, dans sa raison, l'enquête minutieuse d'où résulterait l'éclatante vérité » (p. 123). L'enquête mémorielle est ainsi liée, dans cette première phase nécessairement vouée à l'échec, à un effort intellectuel de reconstruction *logique* des faits. Mais bientôt, toute l'énergie du jeune homme est absorbée par un seul être, qui se réduit ensuite à un seul visage, celui de Léon Maréchal.

VOIR ET SAVOIR

Très vite, la recherche d'indices factuels s'efface devant la nécessité d'une *vision* rétrospective aussi précise que possible. « Il faut savoir » : la réponse à cet impératif passe par le besoin de *voir*, ou plutôt de *revoir* les visages du passé, pressentis comme révélateurs. Les facultés mémorielles alors sollicitées exigent un degré de concentration si important que l'enquête, d'abord associée à un mouvement d'errance géographique du sujet, réclame soudain une immobilité complète, comme si le retour dans le temps nécessitait un arrêt dans l'espace. Aussi Pierre choisit-il de s'asseoir en un lieu « vaste et vide », la jetée du port, point de départ symbolique vers un ailleurs qu'il ne connaît pas encore. Mais l'intensité de l'effort à fournir est telle que le personnage éprouve également le besoin de se replier complètement sur lui-même, de se couper du monde en se cachant le visage, dans une attitude qui rappelle celle du fameux *Penseur* de Rodin. Ou comment tenter de percevoir, à travers le brouillard du temps, les signaux de la mémoire...

À ce point de la recherche, Pierre abandonne définitivement la méthode logique qu'il avait d'abord tenté d'appliquer pour se soumettre aux lois plus obscures de l'évocation. Ainsi, de la répétition quasi incantatoire du nom finit par surgir la *vision* tant attendue : « Sa pensée, sans qu'il prononçât ce mot avec ses lèvres, répétait comme pour l'appeler, pour évoquer et provoquer son ombre : "Maréchal !... Maréchal !" Et dans le noir de ses paupières baissées, il le vit tout à coup tel qu'il l'avait connu » (p. 124). À la suite de cette première apparition, les souvenirs semblent d'abord revenir facilement à la mémoire de Pierre : anecdotes, paroles et même intonation de voix. Mais ces souvenirs n'offrent qu'une image fragmentaire du passé, une ombre non déterminante pour la progression de l'enquête. Les images les plus récentes ont effacé les plus anciennes, enfouies dans une mémoire défaillante. La figure qu'il s'agirait de retrouver n'est pas celle de l'homme de soixante ans auquel les deux frères rendaient visite durant leurs études, mais bien celle de l'ami intime, si proche des

Roland vingt ans plus tôt. Bref, celle du possible amant. Mais cette *figure de coupable*, décisive pour Pierre, se dérobe toujours.

Un détail visuel finit pourtant par ressurgir, relançant la progression de l'enquête : Maréchal était blond, comme Jean. Ce n'est pas le souvenir du visage recherché qui a soudain éclairé Pierre, mais celui, indirect, d'un *portrait* miniature, longtemps conservé par la mère, et aujourd'hui disparu. C'est donc par la médiation d'une *image* que le personnage va, peu à peu, acquérir la certitude de la culpabilité maternelle : en fonction de ce portrait, et surtout des réactions qu'il suscitera, les éléments manquants de l'histoire familiale vont pouvoir s'ordonner. Ainsi, lorsque Pierre épie son frère endormi, espérant en vain saisir le « secret dormant de sa physionomie » (p. 135), c'est à la miniature de sa mère que le personnage se réfère à nouveau. Seul cet objet pourra infirmer ou confirmer ses soupçons.

Auparavant, c'est Mme Roland elle-même que Pierre scrute d'un œil avide, au petit matin, avec une curiosité stupéfaite : « Toute cette figure, vue dès l'enfance, dès que son œil avait pu distinguer, ce sourire, cette voix si connue, si familière, lui paraissaient brusquement nouveaux et autres de ce qu'ils avaient été jusque-là pour lui » (p. 138). En chaque visage gît un secret impénétrable et saisir ce mystère constitue une première prise de conscience de l'altérité radicale de ceux qui nous paraissent si familiers. Le proche est le lointain, et le *voir* ne peut en aucun cas satisfaire le désir de *savoir*.

La confrontation avec le portrait de Maréchal s'avère décevante à son tour, aucune ressemblance décisive ne pouvant être établie avec Jean. Bien plus révélatrice est en revanche l'attitude de la mère en cet instant précis : tournant le dos à la table familiale, elle avoue, par ce seul geste, sa peur. Dès lors, la présence du petit portrait sur la cheminée du salon constitue le rappel obsédant de sa culpabilité, et scelle entre les deux personnages un pacte de douleur et de silence. Malfaisant, comme de nombreux objets de l'univers maupassantien, il est finalement personnifié : « Et ce petit portrait, moins grand qu'une main ouverte, semblait une personne vivante, méchante, redoutable, entrée soudain dans cette maison et dans cette famille » (p. 148)[1].

UNE MÉMOIRE LACUNAIRE

Ni le souvenir ni le portrait de Maréchal n'ont cependant apporté à Pierre la moindre *explication* sur le passé de sa mère. Si la culpabilité de celle-ci semble se confirmer, rien ne permet au jeune homme de comprendre cette part de son histoire qui lui échappe. Le personnage en est alors réduit au ressassement infini des mêmes questions, aux hypothèses, et aux scénarios les plus romanesques. Récrivant

1. La comparaison avec la *main* est également très révélatrice dans cet extrait. Cette partie du corps est en effet investie, dans l'œuvre de Maupassant, d'un symbolisme mortifère. Voir également p. 132 : « Il se sentait traîné par sa logique, comme par une main qui attire et étrangle vers l'intolérable certitude », et le conte précisément intitulé « La main » (*CN*, I, p. 1116-1122).

à sa manière le roman de la jolie boutiquière séduite par un riche client, Pierre abandonne soudain le raisonnement logique, ponctué par une série de « donc », pour laisser libre cours à une série de fantasmes œdipiens : « Donc, ce Maréchal, jeune, libre, riche, prêt à toutes les tendresses, était entré, un jour, par hasard, dans une boutique, ayant remarqué peut-être la jolie marchande. Il avait acheté, était revenu, avait causé, de jour en jour plus familier, et payant par des acquisitions fréquentes le droit de s'asseoir dans cette maison, de sourire à la jeune femme et de serrer la main du mari » (p. 126).

Ces scénarios, si élaborés soient-ils, ne peuvent cependant combler les vides de la mémoire, comme Pierre en prend rapidement conscience. Aussi tente-t-il de s'appuyer, toujours rétrospectivement, sur des éléments plus tangibles tels que les bribes de récit livrées par sa mère, ou les soupçons du pharmacien et de la serveuse. Mais tout se passe comme si les souvenirs proches se dérobaient, non à la mémoire, mais à l'*analyse* intellectuelle. Entre les mensonges « en creux » de la mère et les allusions trop directes de Marowsko ou de la serveuse, l'enquête du personnage peine à progresser, et la fonction « véritative » de la mémoire se trouve systématiquement mise en échec. Ainsi, le fils aîné, à la différence du cadet, ne connaîtra jamais la vérité complète sur le passé de sa mère : seul Jean entend, hébété, les aveux de Mme Roland. Ironie de

Maupassant : celui qui s'est acharné à découvrir le mensonge n'en aura jamais l'explication ultime. Celui qui a fui ce mensonge se le voit au contraire imposé de force, pour tenter de l'oublier aussitôt.

Au chapitre III, Mme Rosémilly, future épouse de Jean, boit à la « mémoire bénie de M. Maréchal » (p. 112). Par antiphrase, ce toast naïf résume le sujet du roman : *la mémoire empoisonnée.* Car le retour sur le passé n'a conduit qu'à la découverte d'un mensonge, ruinant en quelques jours tout espoir d'avenir, toute possibilité de bonheur. Pour qui a eu l'imprudence de poursuivre jusqu'au bout la recherche sur les origines, seule la fuite vers des terres lointaines, la réclusion ou le suicide demeurent possibles. Le passé est sans remède.

POÉTIQUE DE L'INTROSPECTION

La mise en œuvre d'un roman d'analyse, centré sur l'enquête mémorielle d'un personnage en situation de crise, s'accompagne enfin d'une série de choix d'écriture. Deux procédés littéraires, caractéristiques de l'analyse psychologique, retiendront surtout notre attention : le recours au discours ressassant, et l'intériorisation des données descriptives.

UN DISCOURS RESSASSANT

Afin de pénétrer la conscience de ses personnages, Maupassant s'efforce de privilégier l'autoanalyse, ce qui induit un développement de la parole réflexive sous toutes ses formes. La difficulté à laquelle l'écrivain se trouve alors confronté, comme tout romancier de l'intime, est d'intégrer de la manière la plus naturelle possible des retours introspectifs répétés à la trame du récit. Comment un personnage peut-il se « parler à lui-même » sans lasser la patience du lecteur ? Quel crédit, quelle vraisemblance accorder à cette psychologie « de papier » qui s'élabore lentement sous nos yeux ?

Maupassant évite le double écueil de l'ennui et de l'artifice en recourant abondamment au discours indirect libre (ou monologue narrativisé), rythmé par de brèves incursions du discours direct (monologue rapporté). Le discours indirect libre, rappelons-le, superpose la voix du narrateur à celle du protagoniste, dans un mouvement fluide et nécessairement empathique. Cette forme de discours, qui représente selon Dorrit Cohn la « possession achevée d'un personnage par son narrateur », est également la manière la plus habile de nous faire entrer dans son univers mental, de nous en faire partager les angoisses et les obsessions, tout en les intégrant dans le cours de l'intrigue[1].

1. Dorrit Cohn, *La Transparence intérieure. Modes de représentation de la vie psychique dans le roman*, Seuil, 1981, p. 132.

Dans une perspective plus large, il serait intéressant de rapprocher l'écriture des romanciers psychologues des réflexions de Victor Egger, dans *La Parole intérieure*, ouvrage publié en 1881. Egger s'efforce en effet d'y décrire les caractéristiques de ce phénomène constant, mais peu observé, qu'est le dialogue incessant de l'âme avec elle-même. Rappelons les premières lignes de cette thèse de lettres d'un jeune homme de trente-trois ans : « À tout instant, l'âme parle intérieurement sa pensée. Ce fait, méconnu par la plupart des psychologues, est un des éléments les plus importants de notre existence : il accompagne la presque totalité de nos actes ; la série des mots intérieurs forme une succession presque continue, parallèle à la succession des autres faits psychiques ; à elle seule, elle retient donc une partie considérable de la conscience de chacun de nous[1]. » Dans son ouvrage, Egger distingue notamment la parole intérieure *vive*, expression de la passion toujours sur le point de se dire à haute voix, et la parole intérieure *calme*, « sans passion et comme sans imagination », qui revient en fait à l'analyse réflexive.

1. Victor Egger, *La Parole intérieure*, Germer-Baillière, 1881.

Dans *Pierre et Jean*, le caractère répétitif de l'autoanalyse du personnage principal est particulièrement frappant, au point que le discours ressassant devient, au moins jusqu'au chapitre VI, la matière essentielle du récit[2]. Très souvent, la parole du héros est ainsi marquée par la redondance ou la redite. Des expressions telles que « Pierre cherchait..., recherchait..., se mit à chercher..., se demandait à lui-même... » reviennent sans cesse, symptomatiques du questionnement que poursuit le personnage. Des formules injonctives telles que « Il faut savoir..., il lui fallait la lumière... » font elles aussi régulièrement retour, traduisant la force de

2. Voir sur ce point l'article de Jean-Louis Cabanès, « Ressassement et progression narrative dans *Pierre et Jean* », *in* Louis Forestier (dir.), *Maupassant et l'écriture*, Nathan, 1993, p. 187-196 (Dossier, p. 236).

l'impératif de vérité qui sous-tend l'enquête de Pierre.

Par-delà les incertitudes qui accompagnent la progression de cette enquête, le personnage ne cesse de s'interroger sur l'image qu'il renvoie aux autres, déficit ontologique qui s'exprime là encore par le biais d'un questionnement répétitif : « Toujours il se demandait : "Qu'a-t-elle pu dire à Jean ? [...] Que pense-t-il d'elle, que pense-t-il de moi ?" » (p. 203). Oscillant entre auto-analyse et scrutation d'autrui, l'enquête de Pierre peine ainsi à progresser, s'enlisant dans la reprise des mêmes raisonnements, des mêmes inquiétudes.

Mais Pierre ne se contente pas de ruminer ses propres interrogations : ce sont aussi les remarques des autres, et notamment celles des « personnages-témoins », qu'il ressasse interminablement. Ainsi, d'un chapitre à l'autre, les paroles du pharmacien Marowsko sont reprises au style direct et intériorisées : « Et tout à coup le souvenir lui vint de ce qu'avait dit Marowsko la veille : "Ça ne fera pas un bon effet" » (p. 104). Les paroles de la fille de brasserie resurgissent également de manière intempestive dans la rumination de Pierre : « Maintenant il se répétait cette phrase : "Ça n'est pas étonnant qu'il te ressemble si peu" » (*ibid.*). Par-delà le découpage du roman en chapitres, la reprise textuelle de telles déclarations, qui jouent (à retardement) un rôle déclencheur dans la prise de conscience du personnage, assure à l'œuvre une indéniable continuité. Une question précise est ainsi réitérée de manière particulièrement obsédante tout au long du roman : « Pourquoi ce Maréchal a-t-il laissé toute sa fortune à Jean ? » (p. 122), se demande Pierre avec une anxiété croissante, et cette question, d'une certaine manière, résume toutes les autres.

C'est enfin et surtout au sein du discours indirect libre que le ressassement du personnage est le plus sensible, ce mode de restitution de l'intime s'avérant particulièrement apte à traduire les tâtonnements et les errances du personnage[1]. En revanche, lorsque Pierre se rapproche d'une vérité qui l'épouvante, le discours intérieur se tarit soudain, et la phrase se défait devant le soupçon de l'indicible, la réalité de la faute maternelle : « Et puis après... après... oh ! mon Dieu... après ?... » (p. 126). Ainsi, dans le bégaiement comme dans le ressassement, le discours intérieur, qui privilégie les modalités exclamatives et interrogatives, se révèle particulièrement propre à traduire l'émotivité ou le désordre intime du personnage principal.

1. Voir par exemple p. 115 : « Il se pouvait que son imagination seule, cette imagination qu'il ne gouvernait point [...] ; il se pouvait que cette imagination seule eût créé, inventé cet affreux doute. »

UNE PROGRESSION MALGRÉ TOUT

En dépit d'une écriture et d'une organisation formelle éminemment répétitives, *Pierre et Jean* n'est pas un roman immobile. Outre sa dimension mimétique, la répétition se trouve investie d'une fonction essentielle qui permet, à terme, la lente progression du récit. La redite joue notamment un rôle moteur dans la tentative de reconstitution du passé à laquelle Pierre se livre au chapitre IV. En effet, c'est à travers la répétition incantatoire du nom propre que le jeune homme parvient à susciter l'« ombre » de celui qu'il cherche : « Sa pensée, sans qu'il prononçât ce mot avec ses lèvres, répétait comme pour l'appeler, pour évoquer et provoquer son ombre : Maréchal !... Maréchal ! » (p. 124). Il n'est pas jusqu'aux « temps morts » de la réflexion de Pierre (retranscrits le plus souvent au discours indirect libre) qui n'aient leur utilité. Ces moments d'intense rumination, où prolifère le ressassement des mêmes interrogations, ont en effet pour fonction seconde de souligner la lente prise de conscience du personnage, désormais impuissant à se réfugier dans la dénégation ou l'évitement. Ainsi, certaines interrogations (« Comment savoir ?... »), reprises plusieurs fois dans le récit, s'accompagnent d'une tension croissante qui finit par aboutir à la mise au jour d'un nouvel élément, d'une nouvelle conviction. À la démarche hypothético-déductive classique se substitue ainsi une investigation complexe, qui procède par paliers et par approfondissements successifs, sans exclure toutefois les retours en arrière, générés par la crainte de la découverte pressentie.

L'auto-analyse est également féconde sur le plan de la connaissance de soi, dans la mesure où elle permet au sujet de découvrir des aspects ignorés de sa personnalité. Exploration d'un malaise inexpliqué au commencement du chapitre II, le retournement introspectif du personnage fait rapidement émerger un sentiment de jalousie latente. Si cette jalousie est analysée dans un premier temps de manière assez superficielle, elle n'en permet pas moins au jeune homme de prendre conscience de réactions qui lui échappent, en le mettant sur la voie de cet « autre » qui est en nous. Ce sentiment confus d'une altérité intérieure, d'un double insaisissable et fuyant par nature, ressurgit plusieurs fois dans le récit, notamment sous la forme d'une « seconde âme indépendance et violente » qui poussera le jeune homme à torturer moralement sa mère.

Cette ouverture de l'auto-analyse sur un sentiment de dualité ne constitue bien sûr qu'une variation, sur un mode intimiste, du motif du double que Maupassant explore dans des nouvelles fantastiques telles que *Lui ?* (1883) ou *Le Horla*, publié quelques mois avant *Pierre et Jean*. Mais dans ces textes brefs comme dans le roman, la quête d'une quelconque transparence est vouée à l'échec : sur le plan de l'intime aussi bien que sur le plan de l'histoire familiale, la vérité apparaît essentiellement labile, à moins qu'elle ne relève d'un passé qui lui aussi se dérobe toujours.

FONCTIONS DU PAYSAGE

La part importante accordée à l'introspection dans *Pierre et Jean*, ainsi que l'économie de moyens à laquelle s'astreint le romancier, semblent *a priori* peu compatibles avec une expansion de l'écriture descriptive. Pourtant, une lecture plus attentive de l'œuvre montre que la peinture de l'intériorité progresse en liaison étroite avec l'évocation de l'espace extérieur, que Maupassant nous invite à voir à travers le regard de Pierre. Ainsi, paysage intérieur et paysage extérieur interfèrent-ils en permanence, dans un jeu d'échos et de projections réciproques qui constitue une des originalités du roman.

Si certaines notations descriptives, qui se rapportent notamment au cadre socioculturel dans lequel évoluent les personnages, participent avant tout de la peinture des mœurs, d'autres s'inscrivent dans une stratégie narrative plus complexe, dont le but est d'alléger la part « explicative » de l'analyse psychologique. L'évocation du paysage, et plus particulièrement du regard que Pierre porte sur celui-ci, traduisent de manière indirecte l'évolution des états intimes du personnage. On ne s'étonnera donc pas, dans ce roman situé au Havre, de voir le malaise croissant du jeune homme s'exprimer à travers des métaphores maritimes, dont certaines, lexicalisées, se trouvent réinvesties sous la plume de Maupassant de leur puissance originelle. Les images relatives au sentiment de « noyade » du personnage sont notamment très suggestives, de même que celles qui se rapportent au « ballottement » de son cœur.

L'espace maritime peut également participer, toujours de manière biaisée, à la progression de l'enquête de Pierre. Les longs moments de solitude du personnage à l'extrémité de la jetée apparaissent liés au questionnement du personnage et à l'indispensable concentration qui accompagne ce cheminement réflexif. Comme le souligne Renée de Smirnoff, « la mer est l'élément nécessaire d'une maïeutique [1] ». Cette fonction adjuvante du paysage maritime est le point de départ d'un échange, voire d'une osmose entre l'espace intérieur du personnage et son répondant extérieur.

La description du paysage se caractérise ainsi par un lexique de l'intériorisation, tandis que les états d'âme du personnage se modifient sensiblement en fonction de l'espace dans lequel il évolue. Les soupçons torturants qui assaillent Pierre au cours d'une de ses promenades solitaires trouvent notamment un écho très expressif dans l'évocation de la brume qui s'est abattue quelques heures plus tôt sur Le Havre : « Il [...] se remit à rôder par les rues. Elles étaient ensevelies sous le brouillard qui rendait pesante, opaque et nauséabonde la nuit. On eût dit une fumée pestilentielle abattue sur la terre. On la voyait passer sur les becs de gaz qu'elle paraissait éteindre par moments.

1. « Paysages extérieurs, paysages intérieurs dans *Pierre et Jean* de Maupassant », *in* Yves Reboul (dir.), *Maupassant multiple*, Presses universitaires du Mirail, 1995, p. 59-68.

Les pavés des rues devenaient glissants comme par les soirs de verglas, et toutes les mauvaises odeurs semblaient sortir du ventre des maisons [...] pour se mêler à l'affreuse senteur de cette brume errante » (p. 121). Le « dialogue » qui s'établit entre les pensées du personnage et les sirènes du port, au cours de ce chapitre, constitue un autre exemple frappant de cet échange entre l'intime et l'extime, chaque « plainte » de la sirène venant ponctuer une étape de la douloureuse investigation de Pierre. Dans un registre moins dramatique, l'évocation de la plage de Trouville, au chapitre suivant, est entièrement tributaire des pensées négatives du personnage et de son obsession jalouse, qui se traduit sur le plan descriptif par une vision de plus en plus sélective de la réalité.

Au fil du roman, on remarque ainsi que le regard de Pierre tend à se fermer au monde extérieur, et l'exclusion du cercle familial s'accompagne d'un rétrécissement remarquable de sa perception. Cette évolution est elle-même indissociable d'une altération croissante de l'image de la mer : tandis qu'elle figurait au début de l'œuvre une force positive et rassurante, gage d'ouverture et de respiration, elle tend progressivement à s'assombrir pour devenir une puissance négative et menaçante, à l'instar de ces brumes oppressantes venues des « terres malfaisantes », qui glacent jusqu'aux os le promeneur solitaire. Ce retournement des images initiales s'accomplit parallèlement à l'altération du point de vue de Pierre, qui se ferme et s'engourdit peu à peu, avant de sombrer dans une « somnolence de brute » (p. 208) face à la mer.

Par un phénomène de contamination réciproque, les frontières entre l'intériorité et l'extériorité ont ainsi tendance à s'effacer, les mobiles de l'analyse se donnant à voir jusque dans une réalité elle-même poreuse aux variations de sentiment du personnage principal. De sorte que l'évocation du paysage invite à une double lecture : ouvrant à une appréhension précise de la réalité, que Maupassant est loin de négliger, elle déborde dans le même temps ce cadre référentiel et invite le lecteur à creuser son interprétation des signes, dans un échange fécond entre le dehors et le dedans. Si cette stratégie narrative n'est pas entièrement nouvelle, Balzac et Flaubert ayant notamment exploité ce procédé, elle est inédite dans le cadre d'un roman aussi court, et s'accorde parfaitement avec la dimension « expérimentale » du projet de Maupassant.

CONCLUSION

C'est bien sur la modernité de *Pierre et Jean* qu'il paraît nécessaire de conclure.

Ce bref roman concentre en effet des aspects très différents et complémentaires de l'œuvre de Maupassant : réflexion sur la famille, peinture des mœurs, étude psychologique, sans oublier les registres fantastique et descriptif... *Pierre et Jean* se présente comme une synthèse des motifs les plus féconds de l'œuvre antérieure, tout en anticipant sur l'œuvre à venir, et notamment sur les deux derniers romans, *Fort comme la mort* et *Notre cœur*, qui approfondiront « de l'intérieur » l'exploration de la jalousie.

Essai inédit, comme la présence du texte liminaire suffirait à le souligner, le roman de 1887 est pourtant bien davantage qu'un tournant dans l'œuvre de Maupassant. La réflexion sur le temps et sur le passé y est conduite avec une acuité remarquable, et plus que jamais, la question de la mémoire se trouve liée à la question de l'identité. Ainsi que l'exemple de Pierre le démontre, la mémoire est en effet la seule faculté qui pourrait assurer le lien entre les différentes étapes de l'existence. Mais, soit qu'elle se confonde avec un ressassement douloureux, soit qu'elle ouvre sur la découverte d'une irréductible lacune, la mémoire est systématiquement mise en échec. Et ce vide sur lequel elle débouche constitue une des clefs de l'œuvre de Maupassant, ainsi que le souligne Georges Poulet, auquel nous laisserons le soin d'une provisoire conclusion :

« Tout se passe comme si, chaque fois que le phénomène essentiel dont il s'agissait de comprendre la signification consistait, chose étrange, dans une *omission*, comme si un certain état d'esprit, plus ou moins déterminé, était brusquement arrêté net et remplacé par son contraire, c'est-à-dire par un *vide*. Vide constamment interrompu lui-même, se divisant en une série de *trous* répétés, mais s'unifiant en profondeur, comme une suite d'intervalles rappelant à chaque instant sur quel fond d'impalpable s'étale, pour Maupassant, la fausse plénitude des formes [1]. »

1. Georges Poulet, « Maupassant », *La Pensée indéterminée*, vol. II, Presses universitaires de France, 1987, p. 175.

DOSSIER

I. REPÈRES BIOGRAPHIQUES

1850 Le 5 août, naissance de Guy de Maupassant au château de Mirosmesnil, près de Dieppe. Guy est le premier enfant de Laure Le Poittevin (1821-1903) et de Gustave de Maupassant (1821-1899), qui se sont mariés le 9 novembre 1846. Laure est la sœur d'Alfred Le Poittevin, mort en 1848, qui fut le camarade d'études et l'ami intime de Flaubert.

1856 Naissance d'Hervé, frère cadet de Guy.

1859 La famille de Maupassant s'installe à Paris. Gustave, jusqu'alors rentier, prend un emploi dans la banque. Mais il se montre volage et dépensier, et les scènes de ménage avec son épouse se multiplient. En octobre, Guy entre au lycée Napoléon (actuel lycée Henri-IV).

1860 Séparation à l'amiable des parents de Guy. Tandis que Gustave reste à Paris, Laure se retire à Étretat et s'installe villa des Verguies. Elle reprend sa fortune et obtient la garde de ses deux fils.

1861-1862 Laure se charge de l'instruction de ses deux fils, avec l'aide d'un précepteur, l'abbé d'Aubourg. Ce dernier enseigne à Guy la grammaire, l'arithmétique, le latin et le catéchisme.

1863 Les époux Maupassant sont officiellement séparés. En octobre, Guy entre comme pensionnaire à l'Institution ecclésiastique d'Yvetot, où il commence à écrire de la poésie.

1866 Laure retire pour un temps son fils de l'Institution d'Yvetot sous prétexte qu'il ne supporte pas la vie à l'internat. Pendant les vacances, à Étretat, Guy sauve de la noyade le poète britannique Charles A. Swinburne, qui l'invite à visiter sa villa, la Chaumière Dolmancé. Cet épisode nourrira des contes et des chroniques.

1868 Guy est renvoyé de l'Institution d'Yvetot en raison de vers licencieux. Il entre alors comme interne au lycée de Rouen où il termine sa classe de rhétorique. Louis Bouilhet puis Gustave Flaubert conseillent le jeune homme et critiquent ses premiers écrits.

1869 Mort de Louis Bouilhet. Guy est reçu bachelier. Sur la plage d'Étretat, pendant les vacances, il rencontre Gustave Courbet, qui peint *La Vague*. En octobre, il loue une petite chambre à Paris, dans le même immeuble que son père, et s'inscrit en première année de droit.

1870 Mobilisé dès le début de la guerre franco-prussienne, Maupassant est versé dans l'intendance. En septembre, il assiste à la débâcle de Rouen, avant de retourner à Paris, où son père a été affecté comme garde-barrière.

1871 Maupassant paie un remplaçant pour son service militaire et peut enfin quitter l'armée.

1872 Entrée au ministère de la Marine et des Colonies, comme vacataire puis comme commis.

1873 Pour se distraire de son emploi au ministère, Maupassant s'adonne au canotage deux fois par semaine à Argenteuil, en compagnie de quelques joyeux amis. Dans le même temps, il commence à écrire des nouvelles, que Flaubert relit avec attention.

1875 Publication d'un premier conte, *La Main d'écorché*, dans l'*Almanach lorrain de Pont-à-Mousson*, sous le pseudonyme de Joseph Prunier. Représentation, dans l'atelier du peintre Maurice Leloir, d'*À la feuille de rose, maison turque*, farce pornographique.

1876 Maupassant multiplie les relations littéraires (Daudet, Huysmans, Zola...) et se rend tous les dimanches chez Flaubert.

1877 Premiers signes de la syphilis. Le 16 avril, dîner historique à la brasserie Trapp : de jeunes écrivains naturalistes (Paul Alexis, Henry Céard, Léon Hennique, Joris-Karl Huysmans, Mirbeau et Maupassant) célèbrent leurs maîtres, Gustave Flaubert, Edmond de Goncourt et Émile Zola. Élaboration du plan d'un futur roman, *Une vie*.

1878 Maupassant quitte le ministère de la Marine pour celui de l'Instruction publique. Mais il supporte de plus en plus mal sa condition d'employé et peine à trouver du temps pour écrire.

1879 Première représentation de sa pièce, *Histoire du vieux temps*, qui est bien accueillie. Son poème « Une fille » est publié dans *La Revue moderne et naturaliste*.

1879 En janvier, Maupassant est appelé à comparaître devant le tribunal d'Étampes pour outrage à la morale et aux bonnes mœurs, à la suite de la publication d'« Une fille ». Flaubert intervient auprès de Bardoux, ministre de l'Instruction publique, pour éviter le procès, et auprès de l'éditeur Georges Charpentier pour le convaincre d'imprimer *Des vers*. Le 17 avril, paraît le recueil *Les Soirées de Médan*, qui contient *Boule de suif*. La nouvelle rencontre un succès immédiat, qui intronise véritablement le jeune écrivain. *Des vers* sont publiés dans le même temps chez Charpentier. Mais Flaubert meurt subitement le 8 mai, laissant Maupassant très affecté. Il commence à collaborer au *Gaulois*, et obtient un congé de trois mois du ministère. Voyage en Corse avec sa mère. Migraines de plus en plus violentes.

1881 *La Maison Tellier* paraît chez Havard. Le recueil est très bien accueilli par le public. Maupassant se remet à l'écriture de son premier roman, *Une vie*. Séjour de deux mois en Algérie, dont il tire des chroniques et des contes. Sous le nom de Maufrigneuse, début de la collaboration de l'écrivain avec le *Gil Blas*.

1882 Parution du recueil *Mademoiselle Fifi* chez l'éditeur belge Kistemaeckers. Séjours à Menton puis à Saint-Raphaël, voyage en Bretagne. En juillet, il est rayé des cadres du ministère de l'Instruction publique.

1883 Violentes douleurs oculaires et vertébrales. *Une vie* paraît en feuilleton, avant d'être publié en volume chez Havard. En juin paraissent les *Contes de la Bécasse* chez Rouveyre et Blond.

1884 Publication du récit de voyage *Au soleil*. Fréquents séjours à Cannes. Rédaction d'une étude sur Flaubert, en guise de préface aux *Lettres de Gustave Flaubert à George Sand*. Parution de *Miss Harriet*, des *Sœurs Rondoli* et d'*Yvette*. Parallèlement à une intense activité de chroniqueur, Maupassant travaille à son prochain roman, *Bel-Ami*.

1885 Nouveaux troubles oculaires. Parution des *Contes du jour et de la nuit*. Voyage en Italie. Publication de *Bel-Ami*, en feuilleton dans le *Gil Blas* puis en volume chez Havard. Maupassant partage son temps entre la Normandie, la capitale et la Côte d'Azur. Parution du recueil *Monsieur Parent* chez Ollendorff. L'écrivain est reçu dans la haute société parisienne et rencontre notamment le jeune Proust.

1886 Publication de *Toine*. Articles sur le Salon de peinture, pour le journal *Le XIXe siècle*. Parution de *La Petite Roque* ; voyage en Angleterre. Maupassant souffre toujours des yeux, et tente de se soigner à Châtelguyon et à Étretat. En décembre, *Mont-Oriol* commence à paraître en feuilleton dans le *Gil Blas*.

1887 *Mont-Oriol* paraît en volume chez Havard. Signature d'une pétition dans le journal *Le Temps* contre l'érection de la tour Eiffel. *Le Horla* paraît chez Ollendorff. Hervé donne des signes inquiétants de déséquilibre mental. En été, Maupassant travaille à *Pierre et Jean*, avant d'effectuer un nouveau séjour en Afrique du Nord. En décembre, *Pierre et Jean* commence à paraître dans *La Nouvelle Revue*.

1888 *Pierre et Jean* est publié en volume chez Ollendorff, précédé de l'étude « Le Roman ». Guy travaille à *Sur l'eau* puis part pour Marseille, où il rachète un voilier, baptisé le *Bel-*

Ami II. Cure à Aix-les-Bains. Publication du *Rosier de Mme Husson*. Nouveau voyage en Afrique du Nord (Algérie et Tunisie).

1889 Séjours en Provence. Parution du recueil *La Main gauche*, et du roman *Fort comme la mort*. Hervé est interné dans un asile psychiatrique à Bron, où il meurt en novembre. L'écrivain est très affecté par cette épreuve.

1890 Publication d'un récit de voyage, *La Vie errante*, puis de *L'Inutile Beauté* et de *Notre cœur*. Maupassant déborde d'activité littéraire mais souffre de plus en plus de sa maladie. Il ébauche deux romans qui resteront inachevés (*L'Angélus*, *L'Âme étrangère*). Il accomplit une série de cures à Aix-les-Bains, Plombières et Gérardmer, avant de repartir pour l'Afrique du Nord.

1891 Les symptômes de la syphilis se multiplient et s'aggravent (aphasie, pertes de mémoire...). En février, Maupassant assiste aux répétitions de *Musotte*, pièce écrite en collaboration avec Jacques Normand, au Théâtre du Gymnase. La première est un succès. Mais l'écrivain est de plus en plus malade et dépressif.

1892 Le 1er janvier, à Cannes, il tente de se suicider. Il est ensuite interné à la clinique du docteur Blanche, à Passy.

1893 Le 6 juillet, Maupassant meurt de la syphilis à Passy. Il est inhumé au cimetière Montparnasse.

II. L'AFFAIRE DU *FIGARO*

Après avoir remis le manuscrit définitif de son essai sur le roman au *Figaro* à la mi-décembre 1887, Maupassant part pour l'Afrique du Nord. Mais à son retour de Tunis, le 7 janvier, il a la désagréable surprise de découvrir que son étude est parue incomplète, amputée d'une grande partie de ses développements. Le directeur du journal, Antonin Périvier, a décidé d'y pratiquer d'importantes coupures sans en avertir le romancier. Le sens du texte en est à ce point altéré que Jules Lemaître écrit à Maupassant pour lui faire part de sa perplexité :

Dimanche [janvier 1888]

Mon cher ami,

Je viens de lire votre préface dans le Supplément du *Figaro* et je vous demande ingénument des explications. Vous dites que le critique doit *admettre* chez les écrivains « les tendances... etc. » les plus opposées. Soit. Vous ajoutez qu'il ne doit « apprécier le résultat que selon la nature de l'effort ». Pourquoi n'apprécierait-il pas la nature de l'effort même ? Voulez-vous lui interdire le droit d'avoir lui-même des préférences ? (Notez que c'est parce que Taine, Sainte-Beuve ou Bourget ont des préférences qu'ils sont intéressants et vivants.) Enfin, tout de suite après avoir dit que le critique doit « comprendre et critiquer toutes les tendances », vous dites qu'« il ne doit pas s'en occuper ». Voilà une jolie contradiction ! À moins que vous n'entendiez que le critique ne doit pas se préoccuper des tendances *pour les juger*, ce qui serait contestable, mais clair et d'accord avec ce qui précède. Seulement il faudrait le dire. Bref, je n'y vois goutte,

Artine Artinian et Édouard Maynial, *Guy de Maupassant. Correspondance inédite*, Dominique Wapler, p. 221-222.

et je m'en plains. Vous, si lucide d'ordinaire ! Qu'est-ce qui vous est donc arrivé ?

Maintenant que j'ai fait ma petite protestation, je suis à l'aise pour vous dire que *Pierre et Jean* (que j'ai lu pieusement dans la *Nouvelle Revue*) est une des belles choses que vous avez faites. C'est cruel, mais vraisemblable, c'est-à-dire vrai. Et quant à l'exécution, vous n'avez rien fait de plus net, de plus arrêté, de mieux composé et distribué, de plus magistral. Mais j'espère bientôt vous voir et vous dire à la fois toute l'admiration et toute la rancune que j'ai sur le cœur.

La réaction de Maupassant ne se fait pas attendre. Dès le 8 janvier, le romancier écrit à Arthur Meyer, le directeur du *Gaulois*, pour se plaindre des « tripatouillages » dont son texte a été l'objet :

Le 8 janvier 1888

Mon cher Directeur,

On a publié hier dans le supplément littéraire du *Figaro* une étude de moi sur le Roman contemporain, où je fais dire à Flaubert une bêtise en attribuant à Chateaubriand un mot de Buffon. Je tiens à déclarer que la bêtise est de moi, qui ai commis, je ne sais comment, une pareille étourderie, après avoir entendu si souvent dans la bouche de Flaubert la citation que je rapporte.

Correspondance, édition établie par Jacques Suffel, Évreux, Le Cercle du bibliophile, 1973, 3 vol., lettre n° 481.

Si je m'adresse à vous pour cette rectification, et non au journal qui a publié mon étude, c'est que je lui fais un procès pour de nombreuses coupures pratiquées sans mon assentiment dans ce travail dont le sens s'est trouvé ainsi complètement altéré.

Ce n'est point le procédé grossier et inexplicable du *Figaro* à mon égard qui m'a décidé à cette action contre lui, mais le souci de faire proclamer une fois de plus le droit absolu de tout écrivain de défendre sa pensée, quoi qu'elle vaille, contre tous les *tripatouillages* possibles.

Je m'étais assuré, trois mois à l'avance, que le *Figaro* acceptait cette étude à laquelle j'attachais, à tort ou à raison, une grande importance, car elle exprime ce que je pense sur le roman, et répond à des critiques qui m'ont été souvent adressées. En cas de refus de sa part, j'aurais eu le temps de choisir une Revue à mon gré.

J'ai livré mon manuscrit trois semaines avant sa publication. Le Directeur du supplément m'a fait retarder de huit jours l'apparition de *Pierre et Jean* auquel cette dissertation sert de préface, afin de laisser le numéro du 1er janvier à la revue de Caran d'Ache.

La veille encore le susdit Directeur m'a fait faire une communication sur un autre sujet, sans qu'il fût question du travail qui devait paraître le lendemain.

J'ai donc non seulement le droit, mais aussi toutes les circonstances favorables, et par conséquent le devoir d'obtenir un jugement décisif contre des ciseaux autoritaires, fussent-ils même maniés par des mains plus compétentes. [...]

Le même jour, Maupassant charge Émile Straus, son avocat et ami, de l'affaire. Il le presse notamment d'intervenir dans les plus brefs délais :

Le 8 janvier 1888

Monsieur,

Vous avez bien voulu vous charger de mes intérêts dans le procès que j'intente au *Figaro*. Or le premier de mes intérêts, dans cette cause toute d'actualité, où la question artistique est

Ibid., lettre n° 482.

certes plus importante que la question de droit strict, c'est d'aller vite.

La discussion générale soulevée par cette préface ne peut durer longtemps ; il serait donc pour moi d'une importance capitale que le procès fût appelé dans les délais les plus courts.

Il ne s'agit point ici d'une affaire ordinaire où le temps importe peu, mais d'une affaire très spéciale où la question de temps passe avant tout.

Je vous serais donc fort obligé, cher Monsieur, si vous pouviez faire les démarches nécessaires pour obtenir une très rapide solution. [...]

Le 15 janvier, de Cannes, Maupassant adresse à son avocat un nouveau courrier, accompagné d'un exemplaire de *Pierre et Jean* indiquant les parties tronquées de son essai dans *Le Figaro* :

Cannes, le 15 janvier 1888

Mon cher ami,

L'état de mon frère me met dans l'impossibilité de le quitter, d'autant plus que ma mère est absolument affolée par le chagrin. Il ne faut pas d'ailleurs perdre un jour pour conduire le malade dans une maison de santé dès que j'aurai reçu l'avis du Dr Blanche sur le choix de cette maison ; et moi seul peux accompagner mon frère en ce lieu.

Ibid., lettre nº 484.

Voici un volume de *Pierre et Jean* avec l'indication de toutes les parties coupées dans la préface, ce qui ne la rend pas absolument inintelligible, mais en modifie absolument le sens, ce qui est pis.

La plupart des articles faits jusqu'à ce jour ont été écrits après la lecture des fragments du *Figaro*, d'où il résulte que tous les lecteurs de ces articles me prêtent des opinions qui ne sont pas les miennes.

Si le *Figaro* avait cherché avec intention à dénaturer ma pensée il n'aurait pas mieux réussi. Voici un point que je vous signale d'une façon toute particulière. Prenez le supplément du *Figaro*.

Le 9e paragraphe, *qui semble la suite du précédent* et sur lequel ont porté toutes les objections qui me sont faites, est amené, expliqué, et préparé, dans la préface, par cinq pages de discussion supprimées par le *Figaro*. Si on le lit dans le journal il signifie indubitablement que le critique n'a pas le droit de discuter les écoles littéraires.

Si on le lit dans le volume il signifie, après les pages qui le précèdent, et étant données celles qui le suivent, que le critique n'a pas le droit de chercher querelle à l'écrivain sur la nature de son talent, mais qu'il doit expliquer toutes les écoles et tous les tempéraments, par conséquent les discuter : qu'il doit laisser la liberté à toutes les tendances, ayant la mission de les faire comprendre au lecteur, ayant, de par son rôle même de critique, le devoir d'avoir une intelligence ouverte à tout, assez large pour *discuter* tous les arts, sans en condamner un seul, sans se montrer intolérant pour une seule manifestation de la pensée littéraire.

C'est là le point essentiel. J'ai dit que le critique ne doit jamais être intolérant. *Le Figaro* me fait dire au contraire qu'il doit limiter son appréciation à une simple discussion technique.

Je ne crois pas avoir autre chose à vous signaler puisque la lettre que j'ai écrite au *Gil Blas* et au *Gaulois* vous donne exactement les circonstances dans lesquelles j'ai apporté cette étude à M. Périvier. [...]

Je rouvre ma lettre en recevant le supplément littéraire du *Figaro* du 14 janvier.

M. Périvier dit : « L'auteur n'ayant pas demandé à revoir ses épreuves... » Or M. Périvier sait que je n'ai jamais corrigé d'épreuves ni au

Figaro, ni à aucun journal. Qu'on s'informe au *Gil Blas* et au *Gaulois*, où on ne m'a pas vu une seule fois depuis 1880 venir relire un article.

Tous les directeurs des journaux où j'ai écrit savent également que je n'ai jamais toléré qu'on supprimât un seul mot. J'ai cessé ma collaboration régulière au *Gaulois* après une modification, ou plutôt une coupure faite *en mon absence*, à un article sur *Manon Lescaut*, cet article ayant paru *un peu vif*.

Veuillez en outre lire la réclame que le *Figaro* a placée sur la première page du *Tout Paris*. Il y est dit que tous les hommes connus se servent du *Figaro*, toutes les fois qu'ils ont une communication à faire au public ; et les termes de cette annonce pourront vous servir d'argument.

Quelques jours plus tard, une nouvelle lettre à Émile Straus est l'occasion pour Maupassant de revenir sur la nature de son étude, qui ne doit en aucun cas être confondue avec une *préface* :

[janvier 1888]

Mon cher ami,

Je reçois une nouvelle lettre d'Ollendorff qui me dit ceci : « Il paraît que le *Figaro* va plaider qu'en publiant votre préface il entendait vous rendre un service, et que, par conséquent, il était parfaitement autorisé à n'en donner que ce qu'il voulait. »

Ibid., lettre n° 485.

Je vais d'étonnement en étonnement.

L'étude que j'ai donnée au *Figaro* n'est point une préface, mais une œuvre de critique contenue dans le même volume qu'une œuvre d'analyse. Elles ont à mes yeux une importance égale.

Mon étude sur le Roman est si peu une préface à *Pierre et Jean*, que j'ai empêché Ollendorff de se servir de ce mot préface et de l'imprimer. Depuis longtemps je voulais dire mes idées sur mon art, afin de ne plus laisser de prétextes à des méprises et à des erreurs sur mon compte. *Pierre et Jean* formant un volume *très court*, j'ai publié mon étude sur le Roman sous la même couverture. J'ai fait paraître *Pierre et Jean* à la *Nouvelle Revue*, et mon étude critique au *Figaro*.

Si j'avais au contraire publié en 1er lieu l'étude critique à la *Nouvelle Revue*, et en 2e lieu *Pierre et Jean* au *Figaro*, aurait-on pu couper la moitié de la nouvelle sous prétexte qu'elle servait uniquement à faire de la réclame à l'étude critique ? Pour le *Figaro*, tout est réclame, et tout vise à la réclame, et tout se borne à une question d'argent. Cette manière de voir est vraiment bizarre, et simplifie par trop les idées littéraires.

Il est tellement indiscutable qu'il n'y a aucun rapport entre l'étude de mœurs *Pierre et Jean*, et l'étude littéraire contenue dans le même volume, que j'ai dû, dans la première phrase de la seconde, expliquer comment deux choses si différentes se trouvaient rapprochées, car mes idées sur le Roman comportent la condamnation du roman qui les suit.

Voici cette phrase. « Je n'ai point l'intention de plaider ici sur le petit roman qui suit. Tout au contraire, les idées que je vais essayer de faire comprendre *entraîneraient plutôt la critique* du genre d'étude psychologique que j'ai entreprise dans *Pierre et Jean*. Je veux m'occuper du Roman, en général etc. etc. »

En résumé !

J'ai réuni dans un même volume deux œuvres très différentes et même contradictoires. Il n'y a pas de lien entre elles. Selon l'usage, avant de les publier en volume, j'ai désiré les publier l'une dans une revue, l'autre dans un journal. J'ai choisi la *Nouvelle Revue* et le *Figaro*. La *Nouvelle Revue* n'aurait pas eu davantage le droit de modifier le texte de *Pierre et Jean* que le *Figaro* n'avait celui de modifier le texte de mon étude sur le Roman contemporain.

Si j'ai choisi le supplément littéraire du *Figaro* pour cette dernière publication, c'est justement parce que je voulais qu'elle fût faite en une seule fois, qu'elle ne fût pas coupée, qu'elle parût d'un seul coup, le même jour, l'enchaînement des idées développées dans ce travail ne supportant pas d'interruption. Sans cela il m'aurait été bien facile d'*en tirer* un article de tête, non pour le supplément, mais pour le journal lui-même, ce qui aurait été bien préférable du point de vue *réclame* invoqué par le *Figaro*, et alors je n'aurais pas dû attendre huit jours pour que le Supplément fût libre.

Le Supplément m'offrait cet avantage de publier en une fois mon étude complète ; et cette considération m'a décidé.

Je vous écris à la hâte ces quelques pages. Sont-elles claires ?

Dans une nouvelle lettre, Maupassant revient avec précision sur les conditions de publication de son essai :

Cannes, Villa Continentale [janvier 1888]

Mon cher ami,

Les affirmations du *Figaro* sont insoutenables et j'en ai par chance exceptionnelle un témoignage. Celui de M. Magnard lui-même. Il se trouve que n'ayant pas donné de chose importante au *Figaro* depuis longtemps, et mes chroniques étant payées un prix fixe de 250 francs, j'ai dit à M. Magnard, lorsque je lui ai parlé pour la première fois de cette préface, que je ne me contenterai plus de 0,75 c. la ligne, prix payé pour *Yvette* et pour *Mademoiselle Perle*, mais que je ne donnerais ma préface qu'à 1 fr. la ligne. C'est-à-dire

Ibid., lettre n° 486.

aux conditions du *Gil Blas* pour mes romans. Les livres de ce dernier journal peuvent faire foi.

M. Magnard m'a répondu de m'adresser à M. Marcade pour régler la question de publication de la Préface, parce qu'il ne voulait pas que le manuscrit passât de ses mains en celles des directeurs du Supplément, pour des raisons d'ordre intérieur, mais que quant à la question de payement, c'était une affaire entendue.

J'ai insisté en disant : « Est-ce la peine de prévenir Périvier de ces nouvelles conditions ? » Il a répondu : « Non. Je les notifierai au caissier. Cela est sans importance. » Je dois ajouter que si le *Figaro* n'avait pas besoin en ce moment de soulever cette question pour les nécessités de sa cause, il ne chercherait point cette chicane, car il paye sans discuter et sans marchander. Vous me dites, en outre, que « *Le Figaro* prétend avoir l'habitude de faire des coupures acceptées de tous les auteurs. » Pourquoi ne m'en a-t-il jamais fait ? J'ajoute : quand j'ai donné *Yvette* à ce journal, j'ai prévenu M. Magnard que le sujet était vif, mais que je n'admettrais aucun changement, en aucun cas. M. Magnard m'a dit quelque temps après la publication de cette nouvelle : « J'ai eu un peu peur en donnant votre *Yvette*. Mais cela a bien passé tout de même et ça a eu du succès. Cependant quelques abonnés ont protesté. Il y avait des passages roides. » Comment se fait-il qu'on n'ait coupé alors aucun de ces passages, et pourquoi ? Pourquoi ? — c'est qu'on savait fort bien que j'interromprais le lendemain la publication de mon œuvre, et que je ne supporterais pas la suppression d'un mot. Je dois ajouter que j'ai trouvé en M. Magnard un rédacteur en chef très respectueux de la pensée de ses collaborateurs. Je regrette d'apprendre à mes dépens que le directeur du Supplément ne lui ressemble pas. [...]

Encore un mot. Comment aurais-je choisi le *Figaro* si j'avais pu prévoir que ma préface serait tronquée, alors que je pouvais la donner intégralement dans n'importe quel journal et n'importe quelle revue ? Comment aurais-je donné ma préface au *Figaro* si j'avais supposé qu'on eût l'intention de ne pas me la payer, alors qu'elle m'aurait été payée ailleurs le même prix ?

« Pour faire de la réclame au livre », dira-t-on. Mais avec les 1 500 fr. environ que m'aurait rapportés cette préface, j'aurais pu me commander en première page du même journal un excellent article de réclame, comme on sait le faire dans la maison qui est la meilleure sous ce rapport et j'y gagnais.

1. Publicité de 1re page préférable à tout.

2. Publicité de ma préface parue en même temps dans une grande revue.

Pour agir ainsi il aurait fallu être plus ignorant que je ne le suis des usages du journalisme.

Le 23 janvier, toujours dans un souci d'exactitude, Maupassant s'attarde cette fois sur les circonstances du début de son procès avec *Le Figaro* :

Le 23 janvier 1888,
10 rue de Montchanin

Mon cher ami,

Il est bon que vous sachiez en détail les circonstances du début de mon procès avec le *Figaro*. Le samedi 7 janvier paraissait dans le Supplément littéraire mon étude tronquée sur le roman.

Ibid., lettre n° 487.

Après avoir longuement réfléchi au procédé employé à mon égard, j'ai été, le même jour, à quatre heures et demie de l'après-midi, trouver M. Magnard pour le prévenir courtoisement que j'allais faire un procès au *Figaro*.

Mes relations toujours cordiales avec M. Magnard et son attitude toujours gracieuse vis-à-vis de moi m'imposaient cette démarche. Donc si M. Périvier avait cru devoir entrer en pourparlers avec moi, il le pouvait faire durant la soirée du samedi et toute la journée du dimanche. Le lundi j'ai fait envoyer au journal une sommation par huissier.

Le mardi soir, mon éditeur et ami Ollendorff est venu me trouver et me dire, de la part de M. Magnard, qu'un article de M. Ph. Gille sur moi était composé, prêt à paraître le lendemain, mais que cet article ne pourrait passer que si je retirais mon assignation.

J'ai répondu à cette ouverture par la lettre que voici :

À Monsieur Magnard, mardi soir

« Cher Monsieur,

Je viens de recevoir la visite de mon ami Ollendorff qui m'a rapporté votre conversation. J'ai fait une démarche auprès de vous, non pas auprès du rédacteur en chef du *Figaro*, mais auprès de l'homme de lettres très distingué que vous êtes, pour vous dire mes intentions et vous exprimer combien je regretterais que vous vissiez dans ma conduite la moindre susceptibilité éveillée contre vous.

Aujourd'hui j'ai entamé le procès qui est annoncé. J'ai mon avocat qui le considère comme fort beau à plaider, la thèse à défendre étant inattaquable, et je ne puis absolument pas arrêter les poursuites sans m'y trouver autorisé, et pour moi-même et pour le public, par une déclaration du *Figaro* me donnant satisfaction. Ma lettre a été publique, une explication publique seule peut me fournir une raison pour reculer. Si le journal, parlant au nom de la rédaction spéciale du Supplément, veut bien reconnaître mon droit absolu et la justesse de ma réclamation, et rejeter la faute sur la maladresse d'un sous-œuvre, je serais très heureux de voir terminée ainsi cette ennuyeuse affaire.

En tout cas, cher Monsieur, si elle se poursuit, elle pourra me mettre mal avec le *Figaro*, mais j'espère bien qu'elle n'altérera pas mes relations très cordiales avec Monsieur Francis Magnard.

Je vous serre la main sur ce souhait.

Guy de Maupassant. »

J'ai donc dit, « Ouvrez-moi une porte de sortie et je sortirai. » On ne me l'a pas ouverte. On ne peut donc prétendre aujourd'hui que toutes les satisfactions m'auraient été données, si je les avais demandées.

J'ai pensé, mon cher ami, que ces renseignements pourraient vous être utiles, et je vous les envoie avec la nouvelle assurance de ma très vive affection.

Finalement, sur les instances d'Émile Straus, *Le Figaro* accepta de publier la note suivante, qui arrangea l'affaire :

Monsieur Guy de Maupassant, à la suite des explications qui lui ont été fournies au sujet de coupures faites sans son autorisation dans une étude parue ici même, coupures qui avaient donné lieu à une action judiciaire contre le *Figaro*, vient de renoncer à ces poursuites. Nous sommes heureux de cette solution amiable qui nous permet de reprendre nos anciennes relations avec notre confrère.

Texte cité par Pierre Cogny dans son introduction à *Pierre et Jean*, Garnier Frères, 1959.

III. MAUPASSANT ET L'ART DU ROMAN

Dans la chronique « Les subtils » (*Gil Blas*, 3 juin 1884), trois ans avant la rédaction de l'essai précédant *Pierre et Jean*, Maupassant établit une distinction nette entre les romanciers objectifs (aussi appelés « metteurs en scène »), qui font apparaître la psychologie de leurs personnages à travers les actes de ces derniers, et les romanciers d'analyse (ou « métaphysiciens ») qui se concentrent sur l'intériorité de personnages dont il faut avant tout saisir la « géographie morale ». Parmi ces derniers, les « subtils » s'efforcent de détailler et d'expliquer les pensées les plus fugitives des protagonistes.

Chroniques, édition établie par Gérard Delaisement, Rive Droite, 2003, 2 vol., I, p. 852-854.

Autant d'hommes, autant de manières de comprendre et de regarder la vie.

Les uns ne font que voir, à la façon des animaux. Les faits, les choses, les visages, les événements semblent ne se refléter que dans leurs yeux, sans produire de répercussion dans l'intelligence, sans éveiller cette suite infinie de raisonnements, d'idées enchaînées, de réflexions, de déductions qui se prolonge indéfiniment comme les vibrations d'un son, ou les ondes dans l'eau où vient de tomber une pierre.

Les autres, au contraire, s'acharnent à pénétrer toujours le mystérieux mécanisme des motifs et des déterminations.

Quand une fois l'esprit se met à chercher le secret des causes, il s'enfonce, il s'égare, se perd souvent dans l'obscur et inextricable labyrinthe des phénomènes psychologiques et physiologiques.

Depuis tant de siècles que le monde existe et qu'on observe, c'est à peine si les esprits les plus pénétrants ont pu saisir quelques-uns des secrets cachés dans l'homme et autour de l'homme. Ceux qui sont autour de nous, d'ailleurs, nous échapperont toujours en grande partie, car, ainsi que l'a dit Gustave Flaubert dans *Bouvard et Pécuchet* : « La science est faite suivant les données fournies par un coin de l'étendue. Peut-être ne convient-elle pas à tout le reste qu'on ignore, qui est beaucoup plus grand et qu'on ne peut découvrir. »

Mais la recherche des seuls phénomènes psychologiques a préoccupé de tout temps les chercheurs. Jadis les philosophes avaient le monopole de ces études, qu'ils exposaient en des livres graves. Aujourd'hui, ce sont surtout les romanciers observateurs qui s'efforcent de pénétrer et d'expliquer l'obscur travail des volontés, le profond mystère des réflexions inconscientes, les déterminants tantôt plus instinctifs que raisonnés, et tantôt plus raisonnés qu'instinctifs ; d'indiquer la limite insaisissable où le vouloir réfléchi se mêle, pour ainsi dire, à une sorte de vouloir matériel sensuel, à un vouloir animal ; de noter les actions de l'un sur l'autre, etc. Un des hommes dont je vais m'occuper tout à l'heure, M. Paul Bourget, dit à la première page de sa remarquable nouvelle, *L'Irréparable* : « Par-dessous l'existence intellectuelle et sentimentale dont nous avons conscience, et dont nous endossons la responsabilité probablement illusoire, tout un domaine s'étend, obscur et changeant, qui est cependant celui de notre vie inconsciente. »

C'est ce domaine mystérieux qu'explorent aujourd'hui les romanciers, avec des méthodes très différentes.

Les uns, qui sont purement des *objectifs*, au lieu de mettre à jour la psychologie des personnages en des dissertations explicatives, la font simplement apparaître par leurs actes. Les dedans se trouvent ainsi dévoilés par les dehors, sans aucune argumentation psychologique.

Les autres, comme M. Paul Bourget, font pour ainsi dire la géographie morale des gens qu'ils présentent au lecteur et ils entrent jusqu'au profond de leur âme pour dévoiler les mobiles de leurs actions. On pourrait appeler ceux-ci des métaphysiciens, et ceux-là des metteurs en scène.

Mais il faut encore distinguer parmi les romanciers deux grandes tendances générales. L'une qui pousse les analystes à simplifier l'âme humaine observée ; à faire, en quelque sorte, la somme des nuances de même nature pour frapper le lecteur par un trait typique, par une note unique et caractéristique ; l'autre qui les détermine au contraire à saisir et à montrer une à une les plus vagues, les plus fugitives sensations de la pensée, les plus obscures évolutions de la volonté, à ne négliger aucun détail d'aucune nature, aucune nuance d'aucune sorte.

Ces derniers auraient donc, au contraire, une propension à compliquer. On les pourrait appeler les subtils.

Dans les œuvres des premiers la vie apparaît par images comme dans la réalité. Les visions passent devant les yeux du lecteur, éveillant en lui plus ou moins d'attention, plus ou moins de réflexion ; il en tire, suivant le degré de son intelligence, des conclusions plus ou moins profondes, et des déductions plus ou moins étendues. Il peut, à son gré, s'il n'est doué d'aucun esprit de pénétration, se contenter de regarder se dérouler l'aventure et agir les personnages comme il regarderait un accident et des passants dans la rue. Les subtils, au contraire, forcent les lecteurs à un travail de pensée délicieux pour les uns et pénible pour les autres. Il faut, pour suivre toutes les finesses de leurs aperçus et les arguties de leurs remarques, demeurer toujours en éveil, toujours au guet ; on accomplit à leur suite un voyage d'exploration dans le cerveau humain ; il faut un effort constant d'attention et d'intelligence pour marcher derrière eux, dans ce dédale.

Parmi les écrivains classés dès aujourd'hui comme des maîtres (je ne parle que des observateurs artistes), Flaubert représente parfaitement le type du romancier essentiellement objectif, tandis que les frères de Goncourt sont des subtils.

Parmi les écrivains actuellement en plein labeur et en plein talent, deux hommes nous montrent, avec des qualités très différentes, des manières de voir et d'écrire très opposées, et une valeur tout à fait supérieure, deux types très différents de subtils.

Ce sont MM. Catulle Mendès et Paul Bourget.

Plusieurs idées exprimées par Maupassant dans son essai sur « Le Roman » se trouvent esquissées dans une lettre adressée à Maurice Vaucaire, datée du 17 juillet 1886. Maupassant y répond à un envoi de poèmes du jeune homme. Il écrit alors une de ses rares lettres « littéraires » :

Châtel-Guyon, 17 juillet [1886]

Correspondance, lettre n° 415.

Monsieur, établir les règles d'un art n'est pas chose aisée, d'autant plus que chaque tempérament d'écrivain a besoin de règles différentes. Je crois que pour produire, il ne faut pas trop raisonner. Mais il faut regarder beaucoup et songer à ce qu'on a vu. Voir : tout est là, et voir juste. J'entends par voir juste, voir avec ses propres yeux et non avec ceux des maîtres. L'originalité d'un artiste s'indique d'abord dans les petites choses et non dans les grandes.

Des chefs-d'œuvre ont été faits sur d'insignifiants détails, sur des objets vulgaires. Il faut trouver aux choses une signification qui n'a pas encore été découverte et tâcher de l'exprimer d'une façon personnelle.

Celui qui m'étonnera en me parlant d'un caillou, d'un tronc d'arbre, d'un rat, d'une vieille chaise, sera, certes, sur la voie de l'art et apte, plus tard, aux grands sujets.

On a trop chanté les aurores, les soleils, les rosées et la lune, les jeunes filles et l'amour, pour que les derniers venus n'imitent pas toujours quelqu'un en touchant à ces sujets.

Et puis, je crois qu'il faut éviter les inspirations vagues. L'art est mathématique, les grands effets sont obtenus par des moyens simples et bien combinés. Chateaubriand [en fait, Buffon ; même lapsus dans « Le Roman »] a dit : « Le génie n'est qu'une longue patience. »

Je crois que le talent n'est qu'une longue réflexion, étant donné qu'on a l'intelligence.

Certes, vous avez des dons poétiques, un esprit qui reçoit bien les impressions, qui se laisse bien pénétrer par les objets et les idées. Il ne vous faudrait, à mon humble avis, qu'une tension de réflexion pour utiliser pleinement vos moyens en évitant surtout les pensées dites poétiques, et en cherchant la poésie dans les choses précises ou méprisées, où peu d'artistes ont été la découvrir.

Mais surtout, surtout, n'imitez pas, ne vous rappelez rien de ce que vous avez lu ; oubliez tout, et (je vais vous dire une monstruosité que je crois absolument vraie), pour devenir bien personnel, n'admirez personne.

Il est difficile, en cinquante lignes, de parler de ces choses sans avoir l'air pédant, et je m'aperçois que je n'ai pas évité l'écueil.

Après la parution de l'essai qui précède *Pierre et Jean*, Maupassant continue de réfléchir aux problèmes posés

par le roman. En octobre 1889, la *Revue de l'Exposition universelle* publie une étude sur « L'évolution du roman au XIXe siècle », qui reprend certaines idées de l'étude « Le Roman », en leur donnant un cadre historique.

Ce qu'on appelle aujourd'hui le roman de mœurs est d'invention assez moderne. Je ne le ferai pas remonter à *Daphnis et Chloé*, cette églogue poétique, sur laquelle s'extasient les esprits doctes et tendres qu'exalte l'Antiquité, ni à l'*Âne*, conte grivois, que refit en le développant, Apulée, ce décadent classique.

Chroniques, II, p. 1198-1202.

Je ne m'occuperai pas non plus, dans cette très courte étude sur l'évolution du roman moderne depuis le commencement de ce siècle, de ce qu'on appelle le roman d'aventures, lequel nous vient du Moyen Âge, et, né des récits de chevalerie, continué par Mlle de Scudéry, et plus tard modifié par Frédéric Soulié et Eugène Sue, semble avoir eu son apothéose dans ce conteur de génie que fut Alexandre Dumas père.

Quelques hommes encore aujourd'hui s'acharnent à égrener des histoires aussi invraisemblables qu'interminables, durant cinq ou six cents pages, mais ils ne sont lus par aucun de ceux que passionne ou même qu'intéresse l'art littéraire.

À côté de cette école des amuseurs, qui ne s'impose que rarement à l'estime des lettrés et qui a dû son triomphe aux facultés exceptionnelles, à l'inépuisable imagination et la verve intarissable de ce volcan en éruption de livres, qui se nommait Dumas, se déroula dans notre pays une chaîne de romanciers philosophes dont les trois ancêtres principaux, bien différents de nature, sont : Lesage, J.-J. Rousseau et l'abbé Prévost.

De Lesage descend la lignée des fantaisistes spirituels qui, regardant le monde de leur fenêtre, un lorgnon sur l'œil, une feuille de papier devant eux, psychologues souriants, plus ironiques qu'émus, nous ont montré, avec de jolis dehors d'observation et des élégances de styles, de fringantes marionnettes.

Les hommes de cette école, artistes aristocrates, ont surtout la préoccupation de nous rendre visibles leur art et leur talent, leur ironie, leur délicatesse, leur sensibilité. Ils les dépensent à profusion, autour de personnages fictifs, manifestement imaginés, des automates qu'ils animent.

De J.-J. Rousseau descend la grande famille des écrivains romanciers-philosophes, qui ont mis l'art d'écrire, tel qu'on le comprenait autrefois, au service d'idées générales. Ils prennent une thèse et la mettent en action. Leur drame n'est pas tiré de la vie, mais conçu, combiné et développé en vue de démontrer le vrai ou le faux d'un système.

Chateaubriand, incomparable virtuose, chanteur de rythmes écrits, pour qui la phrase exprime la pensée autant par la sonorité que par la valeur des mots, fut le grand continuateur du philosophe de Genève ; et Mme Sand a tout l'air d'avoir été le dernier enfant génial de cette descendance. Comme chez Jean-Jacques, on retrouve chez elle l'unique souci de personnifier des thèses en des individus qui sont, tout le long de l'action, les avocats d'office des doctrines de l'écrivain. Rêveurs, utopistes, poètes, peu précis et peu observateurs, mais prêcheurs éloquents, artistes et séducteurs, ces romanciers n'ont plus guère aujourd'hui de représentants parmi nous.

Mais de l'abbé Prévost nous arrive la puissante race des observateurs, des psychologues, des véritalistes. C'est avec *Manon Lescaut* qu'est née l'admirable forme du roman moderne.

En ce livre, pour la première fois, l'écrivain cessant d'être uniquement un artiste, un ingénieux montreur de personnages est devenu, tout à coup, sans théories préconçues, par la force même et la nature propre de son génie, un sincère, un admirable évocateur d'êtres humains. Pour la première fois nous recevons l'impression profonde, émouvante, irrésistible de gens pareils à nous, passionnés et saisissants de vérité, qui vivent leur vie, notre vie, aiment et souffrent comme nous entre les pages d'un livre.

Manon Lescaut, cet inimitable chef-d'œuvre, cette prodigieuse analyse d'un cœur de femme, la plus fine, la plus exacte, la plus pénétrante, la plus complète, la plus révélatrice peut-être qui existe, nous dévoile si nue, si vraie, si intimement évoquée, cette âme légère, aimante, changeante, fausse et fidèle de courtisane, qu'elle nous renseigne en même temps sur toutes les autres âmes de femme, car toutes se ressemblent un peu, de près ou de loin.

Sous la Révolution et sous l'Empire, la littérature sembla morte. Elle ne peut vivre qu'aux époques de calme, qui sont des époques de pensée. Pendant les périodes de violence et de brutalité, de politique, de guerre et d'émeute, l'art disparaît, s'évanouit complètement, car la force brutale et l'intelligence ne peuvent dominer en même temps.

La résurrection fut éclatante. Une légion de poètes surgit, qui s'appelèrent A. de Lamartine, A. de Vigny, A. de Musset, Baudelaire, Victor Hugo et deux romanciers apparurent, de qui date la réelle évolution de l'aventure imaginée à l'aventure observée, ou mieux à l'aventure racontée, comme si elle appartenait à la vie.

Le premier de ces hommes, grandi pendant les secousses de l'Épopée impériale, se nomma Stendhal, et le second, le géant des lettres modernes, aussi énorme que Rabelais, ce père de la littérature française, fut Honoré de Balzac.

Stendhal gardera surtout une valeur de précurseur, c'est le primitif de la peinture de mœurs. Ce pénétrant esprit, doué d'une lucidité et d'une précision admirables, d'un sens de la vie subtil et large, a fait couler dans ses livres un flot de pensées nouvelles, mais il a si complètement ignoré l'art, ce mystère qui différencie absolument le penseur de l'écrivain, qui donne aux œuvres une puissance presque surhumaine, qui met en elles le charme inexprimable des proportions absolues et un souffle divin qui est l'âme des mots assemblés par un engendreur de phrases, il a tellement méconnu la toute-puissance du style qui est la forme inséparable de l'idée, et confondu l'emphase avec la langue artiste, qu'il demeure, malgré son génie, un romancier de second plan.

Le grand Balzac lui-même ne devient un écrivain qu'aux heures où il semble écrire avec une furie de cheval emporté. Il trouve alors, sans les chercher, comme il le fait inutilement et péniblement presque toujours, cette souplesse, cette justesse, qui centuplent la joie de lire.

Mais devant Balzac on ose à peine critiquer. Un croyant oserait-il reprocher à son dieu toutes les imperfections de l'univers ? Balzac a l'énergie fécondante, débordante, immodérée, stupéfiante d'un dieu, mais avec les hâtes, les violences, les imprudences, les conceptions incomplètes, les disproportions d'un créateur qui n'a pas le temps de s'arrêter pour chercher la perfection.

On ne peut dire de lui qu'il fut un observateur, ni qu'il évoqua exactement le spectacle de la vie, comme le firent après lui certains romanciers, mais il fut doué d'une si géniale intuition et il créa une humanité tout entière si vraisemblable, que tout le monde y crut et qu'elle devint vraie. Son admirable fiction modifia le monde, envahit la société, s'imposa et passa du rêve dans la réalité. Alors, les personnages de Balzac, qui n'existaient pas avant lui, parurent sortir de ses livres pour entrer dans la vie, tant il avait donné complète l'illusion des êtres, des passions et des événements.

Cependant, il ne codifia point sa manière de créer comme il est d'usage de le faire aujourd'hui. Il produisit simplement avec une surprenante abondance et une infinie variété.

Derrière lui, une école se forma bientôt, qui, s'autorisant de ce que Balzac écrivait mal, n'écrivit plus du tout, et érigea en règle la copie précise de la vie. M. Champfleury fut un des plus remarquables chefs de ces réalistes, dont un des meilleurs, Duranty, a laissé un fort curieux roman : *Le Malheur d'Henriette Gérard.*

Jusque-là, tous les écrivains qui avaient eu le souci de donner en leurs livres la sensation de la vérité semblent s'être peu préoccupés de ce qu'on appelait l'art d'écrire. On eût dit que, pour eux, le style était une sorte de convention dans l'exécution, inséparable de la convention dans la conception, et que la langue châtiée et artiste apportait un air emprunté, un air irréel aux personnages du roman qu'on voulait créer tout à fait pareils à ceux des rues.

C'est alors qu'un jeune homme, doué d'un tempérament lyrique, nourri des classiques, épris de l'art littéraire, du style et du rythme des phrases à n'avoir plus d'autre amour dans le cœur, et armé aussi d'un œil admirable d'observateur, de cet œil qui voit en même temps les ensembles et les détails, les formes et les couleurs, et qui sait deviner les intentions secrètes tout en jugeant la valeur plastique des gestes et des faits, apporta dans l'histoire de la littérature française un livre d'une impitoyable exactitude et d'une impeccable exécution, *Madame Bovary*.

C'est à Gustave Flaubert qu'on doit l'accouplement du style et de l'observation modernes.

Mais la poursuite de la vérité, ou plutôt de la vraisemblance amenait peu à peu la recherche passionnée de ce qu'on appelle aujourd'hui le document humain.

Les ancêtres des réalistes actuels s'efforçaient d'inventer en imitant la vie ; les fils s'efforcent de reconstituer la vie même, avec des pièces authentiques qu'ils ramassent de tous les côtés. Et ils les ramassent avec une incroyable ténacité. Ils vont partout, furetant, guettant, une hotte au dos, comme des chiffonniers. Il en résulte que leurs romans sont souvent des mosaïques de faits arrivés en des milieux différents et dont les origines, de nature diverse, enlèvent au volume où ils sont réunis le caractère de vraisemblance et l'homogénéité que les auteurs devraient poursuivre avant tout.

Les plus personnels des romanciers contemporains qui ont apporté dans la chasse et l'emploi du document l'art le plus subtil et le plus puissant sont assurément les frères de Goncourt. Doués, en outre, de natures extraordinairement nerveuses, vibrantes, pénétrantes, ils sont arrivés à montrer, comme un savant qui découvre une couleur nouvelle, une nuance de la vie presque inaperçue avant eux. Leur influence sur la génération actuelle est considérable et peut être inquiétante, car, tout disciple outrant les procédés du maître tombe dans les défauts dont le sauvèrent ses qualités magistrales.

Procédant à peu près de la même façon, M. Zola, avec une nature plus forte, plus large, plus passionnée et moins raffinée, M. Daudet avec une manière plus adroite, plus ingénieuse, délicieusement fine et moins sincère peut-être, et quelques hommes plus jeunes comme MM. Bourget, de Bonnières, etc., etc., complètent et semblent terminer le grand mouvement du roman moderne vers la vérité. Je ne cite point avec intention M. Pierre Loti, qui reste le prince des poètes fantaisistes en prose. Pour les débutants qui apparaissent aujourd'hui, au lieu de se tourner vers la vie avec une curiosité vorace, de la regarder partout autour d'eux avec avidité, d'en jouir ou d'en souffrir avec force suivant leur tempérament, ils ne regardent plus qu'en eux-mêmes, observent uniquement leur âme, leur cœur, leurs instincts, leurs qualités ou leurs défauts, et proclament que le roman définitif ne doit être qu'une autobiographie.

Mais comme le même cœur, même vu sous toutes ses faces, ne donne point des sujets sans fin, comme le spectacle de la même âme répété en dix volumes devient fatalement monotone, ils cherchent, par des excitations factices, par un entraînement étudié vers toutes les névroses, à produire en eux des âmes exceptionnellement bizarres qu'ils s'efforcent aussi d'exprimer par des mots exceptionnellement descriptifs, imagés et subtils.

Nous arrivons donc à la peinture du *moi*, du *moi* hypertrophié par l'observation intense, du *moi* en qui on inocule les virus mystérieux de toutes les maladies mentales.

Ces livres prédits, s'ils viennent comme on les annonce, ne seront-ils pas les petits-fils naturels et dégénérés de l'*Adolphe* de Benjamin Constant ?

Cette tendance vers la personnalité étalée — car c'est la personnalité voilée qui fait la valeur de toute œuvre, et qu'on nomme génie ou talent — cette tendance n'est-elle pas une preuve de l'impuissance à observer, à observer la vie éparse autour de soi, comme ferait une pieuvre aux innombrables bras ?

Et cette définition, derrière laquelle se barricada Zola dans la grande bataille qu'il a livrée pour ses idées, ne sera-t-elle point toujours vraie, car elle peut s'appliquer à toutes les productions de l'art littéraire et à toutes les modifications qu'apporteront les temps : un roman, c'est la nature vue à travers un tempérament.

Ce tempérament peut avoir les qualités les plus diverses, et se modifier suivant les époques, mais plus il aura de facettes, comme le prisme, plus il reflétera d'aspects de la nature, de spectacles, de choses, d'idées de toute sorte et d'êtres de toute race, plus il sera grand, intéressant et neuf.

IV. INTERTEXTE : L'ENFANT NATUREL DANS L'ŒUVRE DE MAUPASSANT

Le motif de la filiation illégitime occupe une place de premier plan chez Maupassant. Ainsi René Dumesnil a-t-il recensé trente-deux contes et nouvelles de l'écrivain consacrés à ce thème. Quelques-uns entretiennent une relation étroite avec *Pierre et Jean*.

Parmi eux, on peut retenir *Le Testament* (*Gil Blas*, 7 novembre 1882), qui s'attache aux conséquences d'un legs inattendu, révélant brutalement l'existence d'un fils adultérin aux autres membres de sa « famille ».

Contes et nouvelles, édition établie par Louis Forestier, Gallimard, « Bibliothèque de la Pléiade », 1974-1979, 2 vol., I, p. 620-624.

Je connaissais ce grand garçon qui s'appelait René de Bourneval. Il était de commerce aimable, bien qu'un peu triste, semblait revenu de tout, fort sceptique, d'un scepticisme précis et mordant, habile surtout à désarticuler d'un mot les hypocrisies mondaines. Il répétait souvent : « Il n'y a pas d'hommes honnêtes ; ou du moins ils ne le sont que relativement aux crapules. »

Il avait deux frères qu'il ne voyait point, MM. de Courcils. Je le croyais d'un autre lit, vu leurs noms différents. On m'avait dit à plusieurs reprises qu'une histoire étrange s'était passée en cette famille, mais sans donner aucun détail.

Cet homme me plaisant tout à fait, nous fûmes bientôt liés. Un soir, comme j'avais dîné chez lui en tête à tête, je lui demandai par hasard : « Êtes-vous né du premier ou du second mariage de madame votre mère ? » Je le vis pâlir un peu, puis rougir ; et il demeura quelques secondes sans parler, visiblement embarrassé. Puis il sourit d'une façon mélancolique et douce qui lui était particulière, et il dit : « Mon cher ami, si cela ne vous ennuie point, je vais vous donner sur mon origine des détails bien singuliers. Je vous sais un homme intelligent, je ne crains donc pas que votre amitié en souffre, et si elle en devait souffrir, je ne tiendrais plus alors à vous avoir pour ami. »

Ma mère, Mme de Courlis, était une pauvre petite femme timide, que son mari avait épousée pour sa fortune. Toute sa vie fut un martyre. D'âme aimante, craintive, délicate, elle fut rudoyée sans répit par celui qui aurait dû être mon père, un de ces rustres qu'on appelle des gentilshommes campagnards. Au bout d'un mois de mariage, il vivait avec une servante. Il eut en outre pour maîtresses les femmes et les filles de ses fermiers ; ce qui ne l'empêcha point d'avoir deux enfants de sa femme ; on devrait compter trois, en me comprenant. Ma mère ne disait rien ; elle vivait dans cette maison toujours bruyante comme ces petites souris qui glissent sous les meubles. Effacée, disparue, frémissante, elle regardait les gens de ses yeux inquiets et clairs, toujours mobiles, des yeux d'être effaré que la peur ne quitte pas. Elle était jolie pourtant, fort jolie, toute blonde d'un blond gris, d'un blond timide ; comme si ses cheveux avaient été un peu décolorés par ses craintes incessantes.

Parmi les amis de M. de Courcils qui venaient constamment au château, se trouvait un ancien officier de cavalerie, veuf, homme redouté, tendre et violent, capable des résolutions les plus énergiques, M. de Bourneval, dont je porte le nom. C'était un grand gaillard maigre, avec de grosses moustaches noires. Je lui ressemble beaucoup. Cet homme avait lu, et ne pensait nullement comme ceux de sa classe. Son arrière-grand-mère avait été une amie de J.-J. Rousseau, et on eût dit qu'il avait hérité quelque chose de cette liaison d'une ancêtre. Il savait par cœur le *Contrat social*, la *Nouvelle Héloïse* et tous ces livres philosophants qui ont préparé de loin le futur bouleversement de nos antiques usages, de nos préjugés, de nos lois surannées, de notre morale imbécile.

Il aima ma mère, paraît-il, et en fut aimé. Cette liaison demeura tellement secrète que personne ne la soupçonna. La pauvre femme, délaissée et triste, dut s'attacher à lui d'une façon désespérée, et prendre dans son commerce toutes ses manières de penser, des théories de libre sentiment, des audaces d'amour indépendant ; mais, comme elle était si craintive qu'elle n'osait jamais parler haut, tout cela fut refoulé, condensé, pressé en son cœur qui ne s'ouvrit jamais.

Mes deux frères étaient durs pour elle, comme leur père, ne la caressaient point, et, habitués à ne la voir compter pour rien dans la maison, la traitaient un peu comme une bonne.

Je fus le seul de ses fils qui l'aimât vraiment et qu'elle aimât.

Elle mourut. J'avais alors dix-huit ans. Je dois ajouter, pour que vous compreniez ce qui va suivre, que son mari était doté d'un conseil judiciaire, qu'une séparation de biens avait été prononcée au profit de ma mère, qui avait conservé, grâce aux artifices de la loi et au dévouement intelligent d'un notaire, le droit de tester à sa guise.

Nous fûmes donc prévenus qu'un testament existait chez ce notaire, et invités à assister à la lecture.

Je me rappelle cela comme d'hier. Ce fut une scène grandiose, dramatique, burlesque, surprenante, amenée par la révolte posthume de cette morte, par ce cri de liberté, cette revendication du fond de la tombe de cette martyre écrasée par nos mœurs durant sa vie, et qui jetait, de son cercueil clos, un appel désespéré vers l'indépendance.

Celui qui se croyait mon père, un gros homme sanguin éveillant l'idée d'un boucher, et mes frères, deux forts garçons de vingt et vingt-deux ans, attendaient tranquilles sur leurs sièges. M. de Bourneval, invité à se présenter, entra et se plaça derrière moi. Il était serré dans sa redingote, fort pâle, et il mordillait souvent sa moustache, un peu grise à présent. Il s'attendait sans doute à ce qui allait se passer.

Le notaire ferma la porte à double tour et commença la lecture, après avoir décacheté devant nous l'enveloppe scellée à la cire rouge et dont il ignorait le contenu.

Brusquement mon ami se tut, se leva, puis il alla prendre dans son secrétaire un vieux papier, le déplia, le baisa longuement, et il reprit :

Voici le testament de ma bien-aimée mère :

« Je, soussignée, Anne-Catherine-Geneviève-Mathilde de Croixluce, épouse légitime de Jean-Léopold-Joseph Gontran de Courcils, saine de corps et d'esprit, exprime ici mes dernières volontés.

« Je demande pardon à Dieu, d'abord, et ensuite à mon cher fils René, de l'acte que je vais commettre. Je crois mon enfant assez grand de cœur pour me comprendre et me pardonner. J'ai souffert toute ma vie. J'ai été épousée par calcul, puis méprisée, méconnue, opprimée, trompée sans cesse par mon mari.

« Je lui pardonne, mais je ne lui dois rien.

« Mes fils aînés ne m'ont point aimée, ne m'ont point gâtée, m'ont à peine traitée comme une mère.

« J'ai été pour eux, durant ma vie, ce que je devais être ; je ne leur dois plus rien après la mort. Les liens du sang n'existent pas sans l'affection constante, sacrée, de chaque jour. Un fils ingrat est moins qu'un étranger ; c'est un coupable, car il n'a pas le droit d'être indifférent pour sa mère.

« J'ai toujours tremblé devant les hommes, devant leurs lois iniques, leurs coutumes inhumaines, leurs préjugés infâmes. Devant Dieu, je ne crains plus. Morte, je rejette de moi la honteuse hypocrisie ; j'ose dire ma pensée, avouer et signer le secret de mon cœur.

« Donc, je laisse en dépôt toute la partie de ma fortune dont la loi me permet de disposer, à mon amant bien-aimé Pierre-Germer-Simon de Bourneval, pour revenir ensuite à notre cher fils René.

« (Cette volonté est formulée en outre, d'une façon plus précise dans un acte notarié.)

« Et, devant le Juge suprême qui m'entend, je déclare que j'aurais maudit le ciel et l'existence si je n'avais rencontré l'affection profonde, dévouée, tendre, inébranlable de mon amant, si je n'avais compris dans ses bras que le Créateur a fait les êtres pour s'aimer, se soutenir, se consoler, et pleurer ensemble dans les heures d'amertume.

« Mes deux fils aînés ont pour père M. de Courcils. René seul doit la vie à M. de Bourneval. Je prie le Maître des hommes et de leurs destinées de placer au-dessus des préjugés sociaux le père et le fils, de les faire s'aimer jusqu'à leur mort et m'aimer encore dans mon cercueil.

« Tels sont ma dernière pensée et mon dernier désir.

Mathilde de Croixluce. »

M. de Courcils s'était levé ; il cria : « C'est là le testament d'une folle ! » Alors M. de Bourneval fit un pas et déclara d'une voix forte, d'une voix tranchante : « Moi, Simon de Bourneval, je déclare que cet écrit ne renferme que la stricte vérité. Je suis prêt à le soutenir devant n'importe qui, et à le prouver même par les lettres que j'ai. »

Alors M. de Courcils marcha vers lui. Je crus qu'ils allaient se colleter. Ils étaient là, grands tous deux, l'un gros, l'autre maigre, frémissants. Le mari de ma mère articula en bégayant : « Vous êtes un misérable ! » L'autre prononça du même ton vigoureux et sec : « Nous nous retrouverons autre part, Monsieur. Je vous aurais déjà souffleté et provoqué depuis longtemps si je n'avais tenu avant tout à la tranquillité, durant sa vie, de la pauvre femme que vous avez tant fait souffrir. »

Puis il se tourna vers moi : « Vous êtes mon fils. Voulez-vous me suivre ? Je n'ai pas le droit de vous emmener, mais je le prends, si vous voulez bien m'accompagner. »

Je lui serrai la main sans répondre. Et nous sommes sortis ensemble. J'étais, certes, aux trois quarts fou.

Deux jours plus tard M. de Bourneval tuait en duel M. de Courcils. Mes frères, par crainte d'un affreux scandale, se sont tus. Je leur ai cédé et ils ont accepté la moitié de la fortune laissée par ma mère.

J'ai pris le nom de mon père véritable, renonçant à celui que la loi me donnait et qui n'était pas le mien.

M. de Bourneval est mort depuis cinq ans. Je ne suis point encore consolé.

Il se leva, fit quelques pas, et, se plaçant en face de moi : « Eh bien ! je dis que le testament de ma mère est une des choses les plus belles, les plus loyales, les plus grandes qu'une femme puisse accomplir. N'est-ce pas votre avis ? »

Je lui tendis les deux mains : « Oui, certainement, mon ami. »

***Le Petit* (*Le Gaulois*, 19 août 1883) pose cette fois le problème de l'enfant naturel du point de vue du père trompé. Le motif de la ressemblance, qui alimente la révélation**

de la bonne, ainsi que le prénom de l'enfant, permettent de rapprocher ce texte de *Pierre et Jean*.

M. Lemonnier était demeuré veuf avec un enfant. Il avait aimé follement sa femme, d'un amour exalté et tendre, sans une défaillance pendant toute leur vie commune. C'était un bon homme, un brave homme, simple, tout simple, sincère, sans défiance et sans malice. *Ibid.*, I, p. 957-962.

Étant devenu amoureux d'une voisine qui était pauvre, il la demanda en mariage et l'épousa. Il faisait un commerce de draperie assez prospère gagnait pas mal d'argent et ne douta pas une seconde qu'il n'eût été accepté pour lui-même par la jeune fille.

Elle le rendit heureux d'ailleurs. Il ne voyait qu'elle au monde, ne pensait qu'à elle, la regardait sans cesse avec des yeux d'adorateur prosterné. Pendant les repas, il commettait mille maladresses pour ne point détourner son regard du visage chéri, versait le vin dans son assiette et l'eau dans la salière, puis se mettait à rire comme un enfant, en répétant :

— Je t'aime trop, vois-tu ; cela me fait faire un tas de bêtises.

Elle souriait, d'un air calme et résigné ; puis détournait les yeux, comme gênée par l'adoration de son mari, et elle tâchait de le faire parler, de causer de n'importe quoi ; mais il lui prenait la main à travers la table et la gardait dans la sienne en murmurant :

— Ma petite Jeanne, ma chère petite Jeanne !

Elle finissait par s'impatienter et par dire :

— Allons, voyons, sois raisonnable ; mange et laisse-moi manger.

Il poussait un soupir et cassait une bouchée de pain, qu'il mâchait ensuite avec lenteur.

Pendant cinq ans, ils n'eurent pas d'enfants. Puis tout à coup elle devint enceinte. Ce fut un bonheur délirant. Il ne la quitta point de tout le temps de sa grossesse ; si bien que sa bonne, une vieille bonne qui l'avait élevé et qui parlait haut dans la maison, le mettait parfois dehors et fermait la porte pour le forcer à prendre l'air.

Il s'était lié d'une intime amitié avec un jeune homme qui avait connu sa femme dès son enfance, et qui était sous-chef de bureau à la Préfecture. M. Duretour dînait trois fois par semaine chez M. Lemonnier, apportait des fleurs à madame, et parfois une loge de théâtre ; et, souvent, au dessert, ce bon Lemonnier attendri s'écriait, en se tournant vers sa femme :

— Avec une compagne comme toi et un ami comme lui, on est parfaitement heureux sur la terre.

Elle mourut en couches. Il en faillit mourir aussi. Mais la vue de l'enfant lui donna du courage : un petit être crispé qui geignait.

Il l'aima d'un amour passionné et douloureux, d'un amour malade où il restait le souvenir de la mort, mais où survivait quelque chose de son adoration pour la morte. C'était la chair de sa femme, son être continué, comme une quintessence d'elle. Il était, cet enfant, sa vie même tombée en un autre corps ; elle était disparue pour qu'il existât. — Et le père l'embrassait avec fureur. — Mais aussi il l'avait tuée, cet enfant, il avait pris, volé cette existence adorée, il s'en était nourri, il avait bu sa part de vie. — Et M. Lemonnier reposait son fils dans le berceau, et s'asseyait auprès de lui pour le contempler. Il restait là des heures et des heures, le regardant, songeant à mille choses tristes ou douces. Puis, comme le petit dormait, il se penchait sur son visage et pleurait dans ses dentelles.

L'enfant grandit. Le père ne pouvait plus se passer une heure de sa présence ; il rôdait autour de lui, le promenait, l'habillait lui-même, le nettoyait, le faisait manger. Son ami, M. Duretour, semblait aussi chérir ce gamin, et il l'embrassait par grands élans, avec ces frénésies de tendresse qu'ont les parents. Il le faisait sauter dans ses bras, le faisait danser pendant des heures à cheval sur une jambe, et soudain, le renversant sur ses genoux, relevait sa courte jupe et baisait ses cuisses grasses de moutard et ses petits mollets ronds.

M. Lemonnier, ravi, murmurait :

— Est-il mignon, est-il mignon !

Et M. Duretour serrait l'enfant dans ses bras en lui chatouillant le cou de sa moustache.

Seule, Céleste, la vieille bonne, ne semblait avoir aucune tendresse pour le petit. Elle se fâchait de ses espiègleries, et semblait exaspérée par les câlineries des deux hommes. Elle s'écriait :

— Peut-on élever un enfant comme ça ! Vous en ferez un joli singe.

Des années encore passèrent, et Jean prit neuf ans. Il savait à peine lire, tant on l'avait gâté, et n'en faisait jamais qu'à sa tête. Il avait des volontés tenaces, des résistances opiniâtres, des colères furieuses. Le père cédait toujours, accordait tout. M. Duretour achetait et apportait sans cesse les joujoux convoités par le petit, et il le nourrissait de gâteaux et de bonbons.

Céleste alors s'emportait, criait :

— C'est une honte, monsieur, une honte. Vous faites le malheur de cet enfant, son malheur, entendez-vous. Mais il faudra bien que cela finisse : oui, oui, ça finira, je vous le dis, je vous le promets, et pas avant longtemps encore.

Lemonnier répondait en souriant :

— Que veux-tu, ma fille ? Je l'aime trop, je ne sais pas lui résister ; il faudra bien que tu en prennes ton parti.

Jean était faible, un peu malade. Le médecin constata de l'anémie, ordonna du fer, de la viande rouge et de la soupe grasse. Or, le petit n'aimait que les gâteaux et refusait toute autre nourriture ; et le père, désespéré, le bourrait de tartes à la crème et d'éclairs au chocolat.

Un soir, comme ils se mettaient à table en tête à tête, Céleste apporta la soupière avec une assurance et un air d'autorité qu'elle n'avait point d'ordinaire. Elle la découvrit brusquement, plongea la louche au milieu, et déclara :

— Voilà du bouillon comme je ne vous en ai pas encore fait ; il faudra bien que le petit en mange, cette fois.

M. Lemonnier, épouvanté, baissa la tête. Il vit que cela tournait mal.

Céleste prit son assiette, l'emplit elle-même, la reposa devant lui.

Il goûta aussitôt le potage et prononça :

— En effet, il est excellent.

Alors la bonne s'empara de l'assiette du petit et y versa une pleine cuillerée de soupe. Puis elle recula de deux pas et attendit.

Jean flaira, repoussa l'assiette et fit un « pouah » de dégoût. Céleste, devenue pâle, s'approcha brusquement et, saisissant la cuiller, l'enfonça de force, toute pleine, dans la bouche entrouverte de l'enfant.

Il s'étrangla, toussa, éternua, cracha, et, hurlant, empoigna à pleine main son verre qu'il lança contre la bonne. Elle le reçut en plein ventre. Alors, exaspérée, elle prit sous son bras la tête du moutard, et commença à lui entonner coup sur coup des cuillerées de soupe dans le gosier. Il les vomissait à mesure, trépignait, se tordait, suffoquait, battait l'air de ses mains, rouge comme s'il allait mourir étouffé.

Le père demeura d'abord tellement surpris qu'il ne faisait plus un mouvement. Puis, soudain, il s'élança avec une rage de fou furieux, étreignit sa servante à la gorge et la jeta contre le mur. Il balbutiait :

— Dehors !... dehors !... dehors !... brute !

Mais elle, d'une secousse, le repoussa et, dépeignée, le bonnet dans le dos, les yeux ardents, cria :

— Qu'est-ce qui vous prend, à c't'heure ? Vous voulez me battre parce que je fais manger de la soupe à c't'enfant que vous allez tuer avec vos gâteries !

Il répétait, tremblant de la tête aux pieds :

— Dehors !... va-t'en... va-t'en, brute !...

Alors, affolée, elle revint sur lui et, l'œil dans l'œil, la voix tremblante :

— Ah !... vous croyez... vous croyez que vous allez me traiter comme ça, moi, moi ?... Ah ! mais non... Et pour qui, pour qui... pour ce morveux qui n'est seulement point à vous... Non... point à vous !... Non... point à vous !... point à vous !... point à vous !... Tout le monde le sait parbleu ! excepté vous... Demandez à l'épicier, au boucher, au boulanger, à tous, à tous...

Elle bredouillait, étranglée par la colère ; puis, elle se tut, le regardant. Il ne bougeait plus, livide, les bras ballants.

Au bout de quelques secondes, il balbutia d'une voix éteinte, tremblante, où palpitait pourtant une émotion formidable :

— Tu dis ?... tu dis ? Qu'est-ce que tu dis ?

Elle se taisait, effrayée par son visage. Il fit encore un pas, répétant :

— Tu dis ?... Qu'est-ce que tu dis ?

Alors, elle répondit d'une voix calmée :

— Je dis ce que je sais, parbleu ! ce que tout le monde sait.

Il leva les deux mains et, se jetant sur elle avec un emportement de bête, essaya de la terrasser. Mais elle était forte, quoique vieille, et agile aussi. Elle lui glissa dans les bras et, courant autour de la table, redevenue soudain furieuse, elle glapissait :

— Regardez-le, regardez-le donc, bête que vous êtes, si ce n'est pas tout le portrait de M. Duretour ; mais regardez son nez et ses yeux, les avez-vous comme ça les yeux ? et le nez ? et les cheveux ? les avait-elle comme ça aussi, elle ? Je vous dis que tout le monde le sait, tout le monde, excepté vous ! C'est la risée de la ville ! Regardez-le...

Elle passait devant la porte, elle l'ouvrit, et disparut.

Jean, épouvanté, demeurait immobile, en face de son assiette à soupe.

Au bout d'une heure, elle revint, tout doucement, pour voir. Le petit, après avoir dévoré les gâteaux, le compotier de crème et celui des poires au sucre, mangeait maintenant le pot de confitures avec sa cuiller à potage.

Le père était sorti.

Céleste prit l'enfant, l'embrassa et, à pas muets, l'emporta dans sa chambre, puis le coucha. Et elle revint dans la salle à manger, défit la table, rangea tout, très inquiète.

On n'entendait aucun bruit dans la maison, aucun. Elle alla coller son oreille à la porte de son maître, il ne faisait aucun mouvement. Elle posa son œil au trou de la serrure. Il écrivait, et semblait tranquille.

Alors elle retourna s'asseoir dans sa cuisine pour être prête en toute circonstance, car elle flairait bien quelque chose.

Elle s'endormit sur une chaise et ne se réveilla qu'au jour.

Elle fit le ménage, comme elle avait coutume, chaque matin ; elle balaya, elle épousseta, et, vers huit heures, prépara le café de M. Lemonnier.

Mais elle n'osait point le porter à son maître, ne sachant trop comment elle allait être reçue ; et elle attendit qu'il sonnât. Il ne sonna point. Neuf heures, puis dix heures passèrent.

Céleste, effarée, prépara son plateau et se mit en route le cœur battant. Devant la porte elle s'arrêta, écouta. Rien ne remuait. Elle frappa ; on ne répondit pas. Alors, rassemblant tout son courage, elle ouvrit, entra, puis, poussant un cri terrible, laissa choir le déjeuner qu'elle tenait aux mains.

M. Lemonnier pendait au beau milieu de sa chambre, accroché par le cou à l'anneau du plafond. Il avait la langue tirée affreusement. La savate droite gisait, tombée à terre. La gauche était restée au pied. Une chaise renversée avait roulé jusqu'au lit.

Céleste, éperdue, s'enfuit en hurlant. Tous les voisins accoururent. Le médecin constata que la mort remontait à minuit.

Une lettre adressée à M. Duretour fut trouvée sur la table du suicidé. Elle ne contenait que cette ligne :

« Je vous laisse et je vous confie le petit. »

***Monsieur Parent* (1886) se présente comme une version plus développée du bref récit qui précède. Le motif de la ressemblance y acquiert ainsi une dimension nouvelle, l'incertitude de la paternité devenant pour le mari trompé source d'un questionnement destructeur et sans fin. Nous reproduisons ici la deuxième partie de la nouvelle, qui succède au départ de l'épouse infidèle, accompagnée de son amant et de l'enfant.**

Parent vécut seul, tout à fait seul. Pendant les premières semaines qui suivirent la séparation, l'étonnement de sa vie nouvelle l'empêcha de

Ibid., II, p. 601.

songer beaucoup. Il avait repris son existence de garçon, ses habitudes de flânerie, et il mangeait au restaurant, comme autrefois. Ayant voulu éviter tout scandale, il faisait à sa femme une pension réglée par les hommes d'affaires. Mais, peu à peu, le souvenir de l'enfant commença à hanter sa pensée. Souvent, quand il était seul, chez lui, le soir, il s'imaginait tout à coup entendre Georges crier « papa ». Son cœur aussitôt commençait à battre et il se levait bien vite pour ouvrir la porte de l'escalier et voir si, par hasard, le petit ne serait pas revenu. Oui, il aurait pu revenir comme reviennent les chiens et les pigeons. Pourquoi un enfant aurait-il moins d'instinct qu'une bête ? [...]

Puis, vingt fois, cent fois en un jour il se posait cette question : « Était-il ou n'était-il pas le père de Georges ? » Mais c'était surtout la nuit qu'il se livrait sur cette idée à des raisonnements interminables. À peine couché, il recommençait, chaque soir, la même série d'argumentations désespérées.

Après le départ de sa femme, il n'avait plus douté tout d'abord : l'enfant, certes, appartenait à Limousin. Puis, peu à peu, il se remit à hésiter. Assurément, l'affirmation d'Henriette ne pouvait avoir aucune valeur. Elle l'avait bravé, en cherchant à le désespérer. En pesant froidement le pour et le contre, il y avait bien des chances pour qu'elle eût menti. [...]

Et chaque jour, chaque nuit recommençaient ces abominables hésitations et ces souffrances que rien ne pouvait calmer ni terminer. Il redoutait surtout l'obscurité du soir qui vient, la tristesse des crépuscules. C'était alors, sur son cœur, comme une pluie de chagrin, une inondation de désespoir qui tombait avec les ténèbres, le noyait et l'affolait. Il avait peur de ses pensées comme on a peur des malfaiteurs, et il fuyait devant elles ainsi qu'une bête poursuivie. Il redoutait surtout son logis vide, si noir, terrible, et les rues désertes aussi où brille seulement, de place en place, un bec de gaz, où le passant isolé qu'on entend de loin semble un rôdeur et fait ralentir ou hâter le pas selon qu'il vient vers vous ou qu'il vous suit.

Et Parent, malgré lui, par instinct, allait vers les grandes rues illuminées et populeuses. La lumière et la foule l'attiraient, l'occupaient et l'étourdissaient. Puis, quand il était las d'errer, de vagabonder dans les remous du public, quand il voyait les passants devenir plus rares, et les trottoirs plus libres, la terreur de la solitude et du silence le poussait vers un grand café plein de buveurs et de clarté. Il y allait comme les mouches vont à la flamme, s'asseyait devant une petite table ronde, et demandait un bock. Il le buvait lentement, s'inquiétant chaque fois qu'un consommateur se levait pour s'en aller. Il aurait voulu le prendre par le bras, le retenir, le prier de rester encore un peu, tant il redoutait l'heure où le garçon, debout devant lui, prononcerait d'un air furieux : « Allons, Monsieur, on ferme ! » [...]

Or, un jour, comme il faisait sa promenade ordinaire entre la Madeleine et la rue Drouot, il aperçut tout à coup une femme dont la tournure le frappa. Un grand monsieur et un enfant l'accompagnaient. Tous les trois marchaient devant lui. Il se demandait : « Où donc ai-je vu ces personnes-là ? » et, tout à coup, il reconnut un geste de la main : c'était sa femme, sa femme avec Limousin, et avec son enfant, son petit Georges.

Son cœur battait à l'étouffer ; il ne s'arrêta pas cependant ; il voulait les voir ; et il les suivit. On eût dit un ménage, un bon ménage de bons bourgeois. Henriette s'appuyait au bras de Paul, lui parlait doucement en le regardant parfois de côté. Parent la voyait alors de profil, reconnaissait la ligne gracieuse de son visage, les mouvements de sa bouche, son sourire, et la caresse de son regard. L'enfant surtout le préoccupait. Comme il était grand, et fort ! Parent ne pouvait apercevoir la figure, mais seulement de longs cheveux blonds qui tombaient sur le col en boucles frisées. C'était Georget, ce haut garçon aux jambes nues, qui allait, ainsi qu'un petit homme, à côté de sa mère.

Comme ils s'étaient arrêtés devant un magasin, il les vit soudain tous les trois. Limousin avait blanchi, vieilli, maigri ; sa femme, au contraire, plus fraîche que jamais, avait plutôt engraissé ; Georges était devenu méconnaissable, si différent de jadis !

Ils se remirent en route. Parent les suivit de nouveau, puis les devança à grands pas pour revenir et les revoir, de tout près, en face. Quand il passa contre l'enfant, il eut envie, une envie folle de le saisir dans ses bras et de l'emporter. Il le toucha, comme par hasard. Le petit tourna la tête et regarda ce maladroit avec des yeux mécontents. Alors Parent s'enfuit, frappé, poursuivi, blessé par ce regard. Il s'enfuit à la façon d'un voleur, saisi de la peur horrible d'avoir été vu et reconnu par sa femme et son amant. Il alla d'une course jusqu'à sa brasserie, et tomba, haletant, sur sa chaise.

Il but trois absinthes, ce soir-là.

Pendant quatre mois, il garda au cœur la plaie de cette rencontre. Chaque nuit il les revoyait tous les trois, heureux et tranquilles, père, mère, enfant, se promenant sur le boulevard, avant de rentrer dîner chez eux. Cette vision nouvelle effaçait l'ancienne. C'était autre chose, une autre hallucination maintenant, et aussi une autre douleur. Le petit Georges, son petit Georges, celui qu'il avait tant aimé et tant embrassé jadis, disparaissait dans un passé lointain et fini, et il en voyait un nouveau, comme un frère du premier, un garçonnet aux mollets nus, qui ne le connaissait pas, celui-là ! Il souffrait affreusement de cette pensée. L'amour du petit était mort ; aucun lien n'existait plus entre eux ; l'enfant n'avait pas tendu les bras en le voyant. Il l'avait même regardé d'un œil méchant. [...]

Vingt ans plus tard, sur les conseils d'une serveuse de brasserie, Parent, usé et malade, se décide à aller déjeuner à la Terrasse de Saint-Germain pour se distraire de sa tristesse :

Il prit une petite table dans les bosquets d'où l'on domine toute la campagne, fit son menu et pria qu'on le servît tout de suite. *Ibid.*, p. 611.

D'autres promeneurs arrivaient, s'asseyaient aux tables voisines. Il se sentait mieux ; il n'était plus seul.

Dans une tonnelle, trois personnes déjeunaient. Il les avait regardées plusieurs fois sans les voir, comme on regarde les indifférents.

Tout à coup, une voix de femme jeta en lui un de ces frissons qui font tressaillir les moelles.

Elle avait dit, cette voix :

— Georges, tu vas découper le poulet.

Et une autre voix répondit :

— Oui, maman.

Parent leva les yeux ; et il comprit, il devina tout de suite quels étaient ces gens ! Certes, il ne les aurait pas reconnus. Sa femme était toute blanche, très forte, une vieille dame sérieuse et respectable ; et elle mangeait en avançant la tête, par crainte des taches, bien qu'elle eût recouvert ses seins d'une serviette. Georges était devenu un homme. Il avait de la barbe, de cette barbe inégale et presque incolore qui frisotte sur les joues des adolescents. Il portait un chapeau de haute forme, un gilet de coutil blanc et un monocle, par chic, sans doute. Parent le regardait, stupéfait ! C'était là Georges, son fils ? — Non, il ne connaissait pas ce jeune homme ; il ne pouvait rien exister de commun entre eux.

Limousin tournait le dos et mangeait, les épaules un peu voûtées.

Donc ces trois êtres semblaient heureux et contents ; ils venaient déjeuner à la campagne, en des restaurants connus. Ils avaient eu une existence calme et douce, une existence familiale dans un bon logis chaud et peuplé, peuplé par tous les riens qui font la vie agréable, par toutes les douceurs de l'affection, par toutes les paroles tendres qu'on échange sans cesse, quand on s'aime. Ils avaient vécu ainsi, grâce à lui Parent, avec son argent, après l'avoir trompé, volé, perdu ! Ils l'avaient condamné, lui, l'innocent, le naïf, le débonnaire, à toutes les tristesses de la solitude, à l'abominable vie qu'il avait menée entre un trottoir et un comptoir, à toutes les tortures morales et à toutes les misères physiques ! Ils avaient fait de lui un être inutile, perdu, égaré dans le monde, un pauvre vieux sans joies possibles, sans attentes, qui n'espérait rien de rien et de personne. Pour lui la terre était vide, parce qu'il n'aimait rien sur la terre. Il pouvait courir les peuples ou courir les rues, entrer dans toutes les maisons de Paris, ouvrir toutes les chambres, il ne trouverait, derrière aucune porte, la figure cherchée, chérie, figure de femme ou figure d'enfant, qui sourit en vous apercevant. Et cette idée surtout le travaillait, l'idée de la porte qu'on ouvre pour trouver et embrasser quelqu'un derrière. [...]

Soudain, il eut une idée, une idée terrible ; et il cessa de boire pour la mûrir. Un sourire plissait ses lèvres ; il murmurait : « Je les tiens. Je les tiens. Nous allons voir. Nous allons voir. »

Un garçon lui demanda :

— Qu'est-ce que Monsieur désire ensuite ?

— Rien. Du café et du cognac, du meilleur.

Et il les regardait en sirotant ses petits verres. Il y avait trop de monde dans ce restaurant pour ce qu'il voulait faire : donc il attendrait, il les suivrait ; car ils allaient se promener certainement sur la terrasse ou dans la forêt. Quand ils seraient un peu éloignés, il les rejoindrait, et alors il se vengerait, oui, il se vengerait ! Il n'était pas trop tôt d'ailleurs, après vingt-trois ans de souffrances. Ah ! ils ne soupçonnaient guère ce qui allait leur arriver. Ils achevaient doucement leur déjeuner, en causant avec sécurité. Parent ne pouvait entendre leurs paroles, mais il voyait leurs gestes calmes. La figure de sa femme, surtout, l'exaspérait. Elle avait pris un air hautain, un air de dévote grasse, de dévote inabordable, cuirassée de principes, blindée de vertu.

Puis ils payèrent l'addition et se levèrent. Alors il vit Limousin. On eût dit un diplomate en retraite, tant il semblait important avec ses beaux favoris souples et blancs dont les pointes tombaient sur les revers de sa redingote.

Ils sortirent. Georges fumait un cigare et portait son chapeau sur l'oreille. Parent, aussitôt, les suivit.

Ils firent d'abord un tour sur la terrasse et admirèrent le paysage avec placidité, comme admirent les gens repus ; puis ils entrèrent dans la forêt.

Parent se frottait les mains, et les suivait toujours, de loin, en se cachant pour ne point éveiller trop tôt leur attention.

Ils allaient à petits pas, prenant un bain de verdure et d'air tiède. Henriette s'appuyait au bras de Limousin et marchait, droite, à son côté, en épouse sûre et fière d'elle. Georges abattait des feuilles avec sa badine, et franchissait parfois les fossés de la route, d'un saut léger de jeune cheval ardent prêt à s'emporter dans le feuillage.

Parent, peu à peu, se rapprochait, haletant d'émotion et de fatigue ; car il ne marchait plus jamais. Bientôt il les rejoignit, mais une peur l'avait saisi, une peur confuse, inexplicable, et il les devança, pour revenir sur eux et les aborder en face.

Il allait, le cœur battant, les sentant derrière lui maintenant, et il se répétait : « Allons, c'est le moment ; de l'audace, de l'audace ! C'est le moment. »

Il se retourna. Ils s'étaient assis, tous les trois, sur l'herbe, au pied d'un gros arbre ; et ils causaient toujours.

Alors il se décida, et il revint à pas rapides. S'étant arrêté devant eux, debout au milieu du chemin, il balbutia d'une voix brève, d'une voix cassée par l'émotion.

— C'est moi ! Me voici ! Vous ne m'attendiez pas ?

Tous trois examinaient cet homme qui leur semblait fou.

Il reprit :

— On dirait que vous ne m'avez pas reconnu. Regardez-moi donc ! Je suis Parent, Henri Parent. Hein, vous ne m'attendiez pas ? Vous pensiez que c'était fini, bien fini, que vous ne me verriez plus jamais, jamais. Ah ! mais non, me voilà revenu. Nous allons nous expliquer, maintenant.

Henriette, effarée, cacha sa figure dans ses mains, en murmurant : « Oh ! mon Dieu ! »

Voyant cet inconnu qui semblait menacer sa mère, Georges s'était levé, prêt à le saisir au collet.

Limousin, atterré, regardait avec des yeux effarés ce revenant qui, ayant soufflé quelques secondes, continua :

— Allons nous allons nous expliquer maintenant. Voici le moment venu ! Ah ! vous m'avez trompé, vous m'avez condamné à une vie de forçat, et vous avez cru que je ne vous rattraperais pas !

Mais le jeune homme le prit par les épaules, et le repoussant :

— Êtes-vous fou ? Qu'est-ce que vous voulez ? Passez votre chemin bien vite ou je vais vous rosser, moi !

Parent répondit :

— Ce que je veux ? Je veux t'apprendre ce que sont ces gens-là.

Mais Georges, exaspéré, le secouait, allait le frapper. L'autre reprit :

— Lâche-moi donc. Je suis ton père... Tiens, regarde s'ils me reconnaissent maintenant, ces misérables !

Effaré, le jeune homme ouvrit les mains et se tourna vers sa mère.

Parent, libre, s'avança vers elle :

— Hein ? dites-lui qui je suis, vous ! Dites-lui que je m'appelle Henri Parent, et que je suis son père puisqu'il se nomme Georges Parent, puisque vous êtes ma femme, puisque vous vivez tous les trois de mon argent, de la pension de dix mille francs que je vous fais depuis que je vous ai chassés de chez moi. Dites-lui aussi pourquoi je vous ai chassés de chez moi. Parce que je vous ai surprise avec ce gueux, cet infâme, avec votre amant ! — Dites-lui ce que j'étais, moi, un brave homme, épousé par vous pour ma fortune, et trompé depuis le premier jour. Dites-lui qui vous êtes et qui je suis...

Il balbutiait, haletait, emporté par la colère.

La femme cria d'une voix déchirante :

— Paul, Paul, empêche-le ; qu'il se taise, qu'il se taise ; empêche-le, qu'il ne dise pas cela devant mon fils !

Limousin, à son tour, s'était levé. Il murmura, d'une voix très basse :

— Taisez-vous. Taisez-vous. Comprenez donc ce que vous faites.

Parent reprit avec emportement :

— Je le sais bien, ce que je fais. Ce n'est pas tout. Il y a une chose que je veux savoir, une chose qui me torture depuis vingt ans.

Puis, se tournant vers Georges, éperdu, qui s'était appuyé contre un arbre :

— Écoute, toi : Quand elle est partie de chez moi, elle a pensé que ce n'était pas assez de m'avoir trahi ; elle a voulu encore me désespérer. Tu étais toute ma consolation ; eh bien, elle t'a emporté en me jurant que je n'étais pas ton père, mais que ton père, c'était lui ! A-t-elle menti ? je ne sais pas. Depuis vingt ans je me le demande.

Il s'avança tout près d'elle, tragique, terrible, et, arrachant la main dont elle se couvrait la face :

— Eh bien ! je vous somme aujourd'hui de me dire lequel de nous est le père de ce jeune homme : lui ou moi ; votre mari ou votre amant. Allons, allons, dites !

Limousin se jeta sur lui. Parent le repoussa, et, ricanant avec fureur :

— Ah ! tu es brave aujourd'hui ; tu es plus brave que le jour où tu te sauvais sur l'escalier parce que j'allais t'assommer. Eh bien ! si elle ne répond pas, réponds toi-même. Tu dois le savoir aussi bien qu'elle. Dis, es-tu le père de ce garçon ? Allons, allons, parle !

Il revint vers sa femme.

— Si vous ne voulez pas me le dire à moi, dites-le à votre fils au moins. C'est un homme, aujourd'hui. Il a bien le droit de savoir qui est son père. Moi, je ne sais pas, je n'ai jamais su, jamais, jamais ! Je ne peux pas te le dire, mon garçon.

Il s'affolait, sa voix prenait des tons aigus. Et il agitait ses bras comme un épileptique.

— Voilà... voilà... Répondez donc... Elle ne sait pas... Je parie qu'elle ne sait pas... Non... elle ne sait pas... parbleu !... elle couchait avec tous les deux !... Ah ! ah ! ah !... personne ne sait... personne... Est-ce qu'on sait ces choses-là ?... Tu ne le sauras pas non plus, mon garçon, tu ne le sauras pas, pas plus que moi... jamais... Tiens... demande-lui... demande-lui... tu verras qu'elle ne sait pas... Moi non plus... lui non plus... toi non plus... personne ne sait... Tu peux choisir... oui... tu peux choisir... lui ou moi... Choisis... Bonsoir... c'est fini... Si elle se décide à te le dire, tu viendras me l'apprendre, hôtel des Continents, n'est-ce pas ?... Ça me fera plaisir de le savoir... Bonsoir... Je vous souhaite beaucoup d'agrément...

Et il s'en alla en gesticulant, continuant à parler seul, sous les grands arbres, dans l'air vide et frais, plein d'odeurs de sèves. Il ne se retourna point pour les voir. Il allait devant lui, marchant sous une poussée de fureur, sous un souffle d'exaltation, l'esprit emporté par son idée fixe.

Tout à coup, il se trouva devant la gare. Un train partait. Il monta dedans. Durant la route, sa colère s'apaisa, il reprit ses sens et il rentra dans Paris, stupéfait de son audace.

Il se sentait brisé comme si on lui eût rompu les os. Il alla cependant prendre un bock à sa brasserie.

En le voyant entrer, Mlle Zoé, surprise, lui demanda :

— Déjà revenu ? Est-ce que vous êtes fatigué ?

Il répondit :

— Oui... oui... très fatigué... très fatigué !... Vous comprenez... quand on n'a pas l'habitude de sortir ! C'est fini, je n'y retournerai point, à la campagne. J'aurais mieux fait de rester ici. Désormais, je ne bougerai plus.

Et elle ne put lui faire raconter sa promenade, malgré l'envie qu'elle en avait.

Pour la première fois de sa vie il se grisa tout à fait, ce soir-là, et on dut le rapporter chez lui.

V. RÉCEPTION DE *PIERRE ET JEAN*

Quelques jours après la parution de *Pierre et Jean* en volume, Anatole France consacre un article substantiel à « M. Guy de Maupassant, critique et romancier », où il revient aussi bien sur l'étude liminaire — qui ne le convainc guère — que sur le roman lui-même.

Anatole France, « M. Guy de Maupassant critique et romancier », *Le Temps*, 15 janvier 1888, repris dans *La Vie littéraire*, 2e série, Calmann-Lévy, 1931, p. 24-30.

M. Guy de Maupassant nous donne aujourd'hui, dans un même volume, trente pages d'esthétique et un roman nouveau. Je ne surprendrai personne en disant que le roman est d'une grande valeur. Quant à l'esthétique, elle est telle qu'on devait l'attendre d'un esprit pratique et résolu, enclin naturellement à trouver les choses de l'esprit plus simples qu'elles ne sont en réalité. On y découvre, avec de bonnes idées et les meilleurs instincts, une innocente tendance à prendre le relatif pour l'absolu. M. de Maupassant fait la théorie du roman comme les lions feraient celle du courage, s'ils savaient parler. Sa théorie, si je l'ai bien entendue, revient à ceci : il y a toute sorte de manières de faire de bons romans ; mais il n'y a qu'une seule manière de les estimer. Celui qui crée est un homme libre, celui qui juge est un ilote. M. de Maupassant se montre également pénétré de la vérité de ces deux idées. Selon lui, il n'existe aucune règle pour produire une œuvre originale, mais il existe des règles pour la juger. Et ces règles sont stables et nécessaires. « Le critique, dit-il, ne doit apprécier le résultat que suivant la nature de l'effort. » Le critique doit « rechercher tout ce qui ressemble le moins aux romans déjà faits ». Il doit n'avoir aucune « idée d'école » ; il ne doit pas « se préoccuper des tendances », et pourtant il doit « comprendre, distinguer et expliquer toutes les tendances les plus opposées, les tempéraments les plus contraires ». Il doit... Mais que ne doit-il pas !... Je vous dis que c'est un esclave. Ce peut être un esclave patient et stoïque, comme Épictète, mais ce ne sera jamais un libre citoyen de la république des lettres. Encore ai-je grand tort de dire que, s'il est docile et bon, il s'élèvera jusqu'à la destinée de cet Épictète qui « vécut pauvre et infirme, et cher aux dieux immortels ». Car ce sage gardait dans l'esclavage le plus cher des trésors, la liberté intérieure. Et c'est précisément ce que M. de Maupassant ravit aux critiques. Il leur enlève le « sentiment » même. Ils devront tout comprendre ; mais il leur est absolument interdit de rien sentir. Ils ne connaîtront plus les troubles de la chair ni les émotions du cœur. Ils mèneront sans désirs une vie plus triste que la mort. L'idée du devoir est parfois effrayante. Elle nous trouble sans cesse par les difficultés, les obscurités et les contradictions qu'elle apporte avec elle. J'en ai fait l'expérience dans les conjonctures les plus diverses. Mais c'est en recevant les commandements de M. de Maupassant que je reconnais toute la rigueur de la loi morale.

Jamais le devoir ne m'apparut à la fois si difficile, si obscur et si contradictoire. En effet, quoi de plus malaisé que d'apprécier l'effort d'un écrivain sans considérer à quoi tend cet effort ? Comment favoriser les idées neuves en tenant la balance égale entre les représentants de l'originalité et ceux de la tradition ? Comment distinguer et ignorer à la fois les tendances des artistes ? Et quelle tâche que de juger par la raison pure des ouvrages qui ne relèvent que du sentiment ? C'est pourtant ce que veut de moi un maître que j'admire et que j'aime. Je sens que c'en est trop, en vérité, et qu'il ne faut pas tant exiger de l'humaine et critique nature. Je me sens accablé et dans le même temps — vous le dirai-je ? — je me sens exalté. Oui, comme le chrétien à qui son Dieu commande les travaux de la charité, les œuvres de la pénitence et l'immolation de tout l'être, je suis tenté de m'écrier : Pour qu'il me soit tant demandé, je suis donc quelque chose ? La main qui m'humiliait me relève en même temps. Si j'en crois le maître et le docteur, les germes de la vérité sont déposés dans mon âme. Quand mon cœur sera plein de zèle et de simplicité, je discernerai le bien et le mal littéraires, et je serai le bon critique. Mais cet orgueil tombe aussitôt que soulevé. M. de Maupassant me flatte. Je connais mon irrémédiable infirmité et celle de mes confrères. Nous ne posséderons jamais, ni eux ni moi, pour étudier les œuvres d'art, que le sentiment et la raison, c'est-à-dire les instruments les moins précis qui soient au monde. Aussi n'obtiendrons-nous jamais de résultats certains, et notre critique ne s'élèvera-t-elle jamais à la rigoureuse majesté de la science. Elle flottera toujours dans l'incertitude. Ses lois ne seront point fixes, ses jugements ne seront point irrévocables. Bien différente de la justice, elle fera peu de mal et peu de bien, si toutefois c'est faire peu de bien que d'amuser un moment les âmes délicates et curieuses.

Laissez la donc libre, puisqu'elle est innocente. Elle a quelque droit, ce semble, aux franchises que vous lui refusez si fièrement, quand vous les accordez avec une juste libéralité aux œuvres dites originales. N'est-elle point fille de l'imagination comme elles ? N'est-elle pas, à sa manière, une œuvre d'art ? J'en parle avec un absolu désintéressement, étant, par nature, fort détaché des choses et disposé à me demander chaque soir, avec l'Ecclésiaste : « Quel fruit revient à l'homme de tout l'ouvrage ? » D'ailleurs, je ne fais guère de critique à proprement parler.

C'est là une raison pour demeurer équitable. Et peut-être en ai-je encore de meilleures. Eh bien, sans me faire la moindre illusion, vous le voyez, sur la vérité absolue des opinions qu'elle exprime, je tiens la critique pour la marque la plus certaine par laquelle se distinguent les âges vraiment intellectuels ; je la tiens pour le signe honorable d'une société docte, tolérante et polie. Je la tiens pour un des plus nobles rameaux dont se décore, dans l'arrière-saison, l'arbre chenu des lettres.

Maintenant, M. Guy de Maupassant me permettra-t-il de dire, sans suivre les règles qu'il a posées, que son nouveau roman *Pierre et Jean* est fort remarquable et décèle un bien vigoureux talent ? Ce n'est pas un pur roman naturaliste. L'auteur le sait bien. Il a conscience de ce qu'il a fait. Cette fois — et ce n'est pas la première — il est parti d'une hypothèse. Il s'est dit : si tel fait se produisait dans telle circonstance, qu'en adviendrait-il ? Or, le fait qui sert de point de départ au roman de *Pierre et Jean* est si singulier ou du moins si exceptionnel, que l'observation est à peu près impuissante à en montrer les suites. Il faut pour les découvrir, recourir au raisonnement et procéder par déduction. C'est ce qu'a fait M. Guy de Maupassant, qui, comme le diable, est grand logicien. Voici ce qu'il a *imaginé* : une bijoutière sentimentale de la rue Montmartre, femme d'un bonhomme de comptoir fort vulgaire, et qui avait de lui un petit garçon, la jolie madame Roland, ressentait jusqu'au malaise le vide de son existence. Un inconnu, un client, entré par hasard dans le magasin, se prit à l'aimer et le lui dit avec délicatesse. C'était un M. Maréchal, employé de l'État. Devinant une âme tendre et prudente comme la sienne, madame Roland aima et se donna. Elle eut bientôt un second enfant, un garçon encore, dont le bijoutier se crut le père, mais quelle savait bien être né sous une plus heureuse influence. Il y avait entre cette femme et son ami des affinités profondes. Leur liaison fut longue, douce et cachée. Elle ne se rompit que quand le commerçant, retiré des affaires, emmena au Havre sa femme, sur le retour, et ses enfants déjà grands. Là, madame Roland apaisée et tranquille vivait de ses souvenirs secrets, qui n'avaient rien d'amer, car, dit-on, l'amertume s'attache seulement aux fautes contre l'amour. À quarante-huit ans, elle pouvait se féliciter d'une liaison qui avait rendu sa vie charmante, sans rien coûter à son honneur de bourgeoise et de mère de famille. Mais voici que tout à coup on apprend que Maréchal est mort et qu'il a institué un des fils Roland, le second, son légataire universel.

Telle est la situation, j'allais dire l'hypothèse dont le conteur est parti. N'avais-je pas raison d'affirmer qu'elle est étrange ? Maréchal avait témoigné, de son vivant, la même affection aux deux petits Roland. Sans doute, il ne pouvait, dans le fond de son cœur, les aimer tous deux également. Qu'il préférât son fils, rien de plus naturel. Mais il sentait que sa préférence ne pouvait paraître sans indiscrétion. Comment ne comprit-il pas que cette même préférence serait plus indiscrète encore si elle éclatait tout à coup par un acte posthume et solennel ? Comment ne lui apparut-il pas qu'il ne pouvait favoriser le second de ces enfants sans exposer aux soupçons la réputation de leur mère ? D'ailleurs, la délicatesse la plus naturelle ne lui inspirait-elle pas de traiter avec égalité les deux frères, par cette considération qu'ils étaient nés, l'un comme l'autre, de celle qui l'avait aimé ?

N'importe ! Le testament de M. Maréchal est un fait. Ce fait n'est pas absolument invraisemblable ; on peut, on doit l'accepter. Quelles seront les conséquences de ce fait ? Le roman a été écrit, de la première ligne à la dernière, pour répondre à cette question. Le legs trop expressif de l'amant ne suggère aucune réflexion au vieux mari, qui est fort simple. Le bonhomme Roland n'a jamais rien compris ni pensé à quoi que ce fût monde, hors à la bijouterie et à la pêche à la ligne. Il a atteint du premier coup, et tout naturellement, la suprême sagesse. Au temps des amours, madame Roland qui n'était pas une créature artificieuse, pouvait le tromper sans même mentir. Elle n'a rien à craindre de ce côté. Jean, son plus jeune fils, trouve aussi fort naturel un legs dont il a le bénéfice. C'est un garçon tranquille et médiocre. D'ailleurs, quand on est préféré, on ne se tourmente guère à se demander pourquoi. Mais Pierre, l'aîné, accepte moins facilement une disposition qui le désavantage. Elle lui paraît pour le moins étrange. Sur le premier propos qu'on lui tient au dehors, il la juge équivoque. On nous l'a peint comme une âme assez honnête, mais dure, chagrine et jalouse. Il a surtout l'esprit malheureux. Quand les soupçons y sont entrés, plus de repos pour lui. Il les amasse en voulant les dissiper ; il fait une véritable enquête. Il recueille les indices, il réunit les preuves ; il trouble, épouvante, accable sa malheureuse mère, qu'il adore. Dans le désespoir de sa piété trahie et de sa religion perdue, il n'épargne à cette mère aucun mépris, et il dénonce à son frère adultérin le secret qu'il a surpris et qu'il devait garder. Sa conduite est monstrueuse et cruelle ; mais elle est dans la logique de sa nature. J'ai entendu dire « Puisqu'il a le tort impardonnable de juger sa mère, il devrait au moins l'excuser. Il sait ce que vaut le vieux Roland, et que c'est un imbécile. » — Oui, mais s'il n'avait pas l'habitude de mépriser son père, il ne se serait pas fait spontanément le juge de sa mère. D'ailleurs, il est jeune et il souffre. Ce sont là deux raisons pour qu'il soit sans pitié. Et le dénouement ? demandez-vous — Il n'y en a pas. Une telle situation ne peut être dénouée.

La vérité est que M. de Maupassant a traité ce sujet ingrat avec la sûreté d'un talent qui se possède pleinement. Force, souplesse, mesure, rien ne manque plus à ce conteur robuste et magistral. Il est vigoureux sans effort. Il est consommé dans son art. Je n'insiste pas. Mon affaire n'est point d'analyser les livres : j'ai assez fait quand j'ai suggéré quelque haute curiosité au lecteur bienveillant, mais je dois dire que M. de Maupassant mérite tous les éloges pour la manière dont il a dessiné la figure de la pauvre femme qui paye cruellement son bonheur si longtemps impuni. Il a marqué d'un trait rapide et sûr la grâce un peu vulgaire, mais non sans charme de cette « âme tendre de caissière ». Il a exprimé avec une finesse sans ironie le contraste d'un grand sentiment dans une petite existence. Quant à la langue de M. de Maupassant, je me contenterai de dire que c'est du vrai français, ne sachant donner une plus belle louange.

Le 29 juin 1889, à l'occasion de la parution de *Fort comme la mort*, Jules Lemaître rédige pour *La Revue bleue* un article de synthèse sur les romans de Maupassant, soulignant la part croissante qu'y prend l'expression d'un sentiment de pitié. Le « roman-drame » que constitue *Pierre et Jean* serait exemplaire de cet abandon à une humanité compatissante.

Jules Lemaître, « Portraits littéraires. *Fort comme la mort* », *La Revue bleue*, 29 juin 1889, repris dans *Les Contemporains*, 5e série, 1892, sous le titre « Guy de Maupassant ».

Mont-Oriol me semble, dans l'œuvre de Maupassant, un roman de transition. Il y a, dans *Mont-Oriol*, quelque chose d'*Une vie* et quelque chose de *Bel-Ami*. C'est l'histoire d'une femme et d'une jeune fille qui souffrent et d'un homme qui les fait souffrir ; et elles sont bonnes, et il n'est pas méchant, et tous sont irresponsables, et tout cela est bien triste. Mais il est à remarquer que *Mont-Oriol* est déjà un drame, non plus une biographie complète comme les deux premiers romans de l'auteur, et que déjà, vers la fin, il y montre plus d'émotion qu'il ne lui était arrivé jusque-là d'en trahir. Et tout de suite après il nous donne *Pierre et Jean*, un drame serré, une lutte courte et déchirante entre la mère coupable et accusée et le fils inquisiteur et juge. Et je n'ai guère lu de pages plus émouvantes que celles où la mère se confesse à l'autre fils, le fils de l'amant.

Je ne saurais dire si c'est parce qu'il avait quitté le roman biographique pour le roman-drame que l'auteur de *Bel-Ami* a, dans ces derniers temps, paru s'attendrir, ou si c'est au contraire parce que l'expérience et les années l'avaient attendri, qu'il s'est intéressé davantage aux drames de la passion et qu'il a jugé qu'une seule crise dans une existence humaine pouvait faire le sujet de tout un livre : mais le fait est que son cœur, on le dirait, s'est amolli et que la source des larmes a commencé d'y jaillir. Et, en même temps qu'il apportait à la description des souffrances humaines un esprit plus fraternel, plus attentif, plus incliné, Maupassant devenait chaste. Je veux dire qu'il s'en tenait de plus en plus aux indications essentielles, indispensables, sur les choses de l'amour physique, et qu'il ne lui arrivait jamais plus de les décrire pour elles-mêmes : soit dédaigneuse satiété, soit délicatesse secrète, éclose de ses récents attendrissements. Ce que je dis là, il est aisé de le constater dans ses deux derniers romans et jusque dans son dernier volume de nouvelles : *La Main gauche*.

Ces changements imperceptibles (mais que je ne crois pourtant pas inventer) se sont faits chez lui, fort heureusement, sans altérer en rien le calme et la sûreté de son regard. C'est toujours la même lucidité infaillible, la même prodigieuse faculté de saisir dans la réalité les traits significatifs, de ne saisir que ceux-là et de les rendre sans effort. Cet esprit est un miroir irréprochable qui reflète les choses sans les déformer, mais en les simplifiant, en les clarifiant aussi, et peut-être en faisant ressortir, de préférence, les liens de nécessité qui existent entre elles. Nulle affectation, ni romanesque, ni réaliste. Pas de casse-tête psychologique, peu de commentaires des actions, et des commentaires limpides comme eau de roche. Et qui sait si cette sobriété d'interprétation n'est pas conforme à la vérité des choses ? Une surface assez simple et des dessous incompréhensibles, n'est-ce pas tout l'homme ? Les psychologues de profession s'évertuent à percer ces dessous, mais ne leur arrive-t-il pas d'inventer, d'imaginer des nuances de sentiment et de secrets mobiles d'action pour le plaisir de les définir ?...

Le résultat, c'est que les récits de M. de Maupassant intéressent et émeuvent comme la réalité, et de la même façon. Et c'est pourquoi on peut l'admirer beaucoup sans trouver grand-chose de plus à en dire que ce que j'en ai dit.

Dans ses *Études et portraits* (1906), Paul Bourget insiste quant à lui sur la diversité du talent de Maupassant romancier, notamment du point de vue formel. Selon Bourget, *Pierre et Jean* adopterait le schéma d'une tragédie classique en trois actes.

Paul Bourget, *Études et portraits. Sociologie de la littérature*, Plon, 1906, t. III.

Les critiques qui ont parlé de Maupassant avec le plus d'éloge ont-ils reconnu chez lui cet effort ininterrompu pour varier sans cesse son

« faire » ? Il faut remonter jusqu'à Balzac pour retrouver un pareil souci de construire chaque livre sur un type particulier et avec des procédés inemployés, ou employés autrement. Tantôt, comme dans *Une Vie*, c'est une suite de petits tableaux presque détachés, dont la succession se déroule sans qu'aucune intrigue centrale les relie, afin de mieux rendre, suivant le titre et l'épigraphe, « l'humble vérité » d'une existence usée à une monotone attente. D'autres fois, c'est, comme dans *Pierre et Jean*, un drame serré, distribué en courtes scènes et suivi avec la rigueur d'une tragédie. L'écrivain a coupé son œuvre en trois actes aussi dessinés et aussi nets que ceux d'une pièce classique. D'autres fois, il procède, comme dans *Bel Ami*, à la manière de Le Sage. C'est un récit qui va, qui court. C'est une suite, non plus de tableaux, mais d'épisodes, et comme un rajeunissement du roman d'aventures, remis au point du monde parisien. D'autres fois, comme dans *Fort comme la mort* et comme dans *Notre cœur*, c'est le roman d'analyse, mais repris, refondu par une main plus puissante, exécuté avec une originalité incomparable par un psychologue qui sait rester un visionnaire.

VI. CRITIQUE CONTEMPORAINE

Dans *Maupassant et l'art du roman* (1954), c'est toutefois à Bourget qu'André Vial oppose Maupassant pour mettre en évidence la singularité de l'analyse psychologique de ce dernier :

Le romancier d'analyse, le romancier psychologue [naît] donc, dans *Pierre et Jean*, du romancier observateur et du romancier de mœurs. Aussi la qualité du romancier psychologue comporte-t-elle, en Maupassant, une spécification qui oppose vigoureusement cet auteur à Bourget et à Edmond de Goncourt vieillissant par exemple.

André Vial, *Maupassant et l'art du roman*, Nizet, 1994 [1954], p. 404-405.

Maupassant conçoit et pratique l'analyse psychologique de telle façon qu'elle soit non point une satisfaction gratuite pour l'intelligence ou la subtilité chercheuse du lecteur, mais *un moyen pour le progrès même de l'œuvre, l'élément moteur de l'action*. Dès l'instant où Pierre cesserait de tendre mille prétextes entre son regard et ses vérités intimes, dès l'instant où, selon une démarche inverse mais complémentaire et nécessaire, il cesserait de s'interroger et de se répondre sincèrement, dès l'instant où les passions cesseraient de solliciter, par leur violence même, son clair jugement, et, en retour, de s'exaspérer dans ce jeu qui fait bon marché de leurs mensonges, le roman s'arrêterait, car les événements qui composent la substance du récit ne sont rien que les moments successifs et les effets immédiats de cette partie de cache-cache avec soi-même. Et, de fait, *le roman s'arrête au moment où Pierre, en dépit de tant d'efforts pour la travestir, n'a plus rien à apprendre de sa « seconde âme », et où cette âme instinctive goûte enfin un inavouable assouvissement.*

Il en résulte, second trait de l'originalité de Maupassant, que l'analyste n'est point l'auteur, mais le personnage lui-même. Il demeure de bout en bout son propre témoin, et seul le résultat de son observation est confié au lecteur, comme une sorte de prélèvement opéré au plus vif de sa conscience.

Dans son article « Lire l'écriture » (*Esprit*, décembre 1974), Marie-Claire Ropars-Wuilleumier, usant notamment des ressources de la psychanalyse, se livre à une exploration très suggestive des motifs structurants de *Pierre et Jean*. La question de l'identité lui permet ainsi d'esquisser un rapprochement du roman avec *Le Horla*, publié quelques mois plus tôt.

Marie-Claire Ropars-Wuilleumier, « Lire l'écriture », *Esprit*, décembre 1974, p. 826-827.

La relation de Pierre et Jean, par-delà le combat des frères ennemis, engage le débat de l'Autre et du Même. Pendant toute la première moitié du récit, focalisée sur Pierre, Jean est « l'autre » (l'autre frère, l'autre fils, ou même « l'autre qui est en nous ») ; à partir du chapitre VI, où la mutation se fait dans le regard de Mme Roland, Pierre devient « l'autre » pour Jean comme pour tous : or c'est le moment où Jean prend la place de Pierre en lui prenant ses attributs, et ne lui laisse plus à occuper que celle de son double (Dr Pirette) où il retrouvera en même temps son propre fantôme (Marowsko). Le même ainsi est devenu l'autre, mais l'autre devient alors le même. [...]

La perte de la différence travaille sourdement le texte, qui n'en laisse monter à la surface que les effets identifiables — perte de l'argent, de la mère, de l'existence. Mais si *l'autre* est impossible, le *je* l'est aussi. La même année que *Pierre et Jean*, Maupassant publiait *Le Horla*, ce journal d'un schizophrène où la hantise du double meurtrier est explicitée tout au long du récit et conduit explicitement à la mort du fou. Du Hor/la à Ro/land il n'est, ou presque, que l'inversion d'un anagramme. De même que le prologue disait et effaçait l'or, de même le récit déguise le double sous les aspects conventionnels d'un frère. Mais ce frère vous prend l'eau, comme l'esprit meurtrier du *Horla* qui vide les carafes la nuit. Les deux textes fonctionnent ainsi à l'envers l'un et l'autre — *Pierre et Jean* constituant la version refoulante, rassurante d'un même récit latent, celui du double, porteur de mort. Aussi bien la première page présentait-elle les personnages dans leur similitude avant d'introduire en eux les germes de la dissemblance. Oscillant entre le doublet et le redoublement, le récit hésite en fait entre le double comme semblable — le même — et le double comme différent — l'autre ; et dans son issue, où la distance semble s'accroître entre les deux frères, la permutation des rôles laisse pourtant offerte l'éventualité d'un nouvel enfermement : la naissance mortelle des dernières pages dit-elle l'acquisition de la différence ou le retour à l'indifférenciation originelle ?

Dans un article intitulé « Ressassement et progression narrative dans *Pierre et Jean* », Jean-Louis Cabanès s'attache à dégager la spécificité de l'écriture répétitive qui caractérise le roman. Le passage que nous citons est plus particulièrement consacré au discours ressassant :

Jean-Louis Cabanès, « Ressassement et progression narrative dans *Pierre et Jean* », *in* Louis Forestier (dir.), *Maupassant et l'écriture*, actes du colloque de Fécamp, 21-23 mai 1993, Nathan, 1993, p. 189-190.

[Le discours ressassant], par définition, rabâche. La parole obsessionnelle s'apparente au dépli d'un paradigme : elle décline les mêmes phrases, les mêmes syntagmes. Par là même, à la construction en chapitres, au découpage traditionnel en scènes successives, le romancier oppose souvent la continuité d'un courant d'obsessions. Il confronte ce qui est de l'ordre du temps intérieur au temps chronologique mesuré notamment dans *Pierre et Jean* par la récurrence des scènes de repas ou par celle des promenades nocturnes. Le chapitre IV, en ce domaine, est exemplaire. Les obsessions de Pierre s'y ritualisent sous la forme d'une question qui s'impose d'abord à la conscience, à la fin du dîner familial : « Pourquoi a-t-il laissé toute sa fortune à mon frère et rien à moi ? » Cette question reparaît, sous une forme comparable, après la visite rendue à Marowsko (« Il se disait : "Pourquoi ce Maréchal a-t-il laissé toute sa fortune à Jean ?"). Elle ressurgit enfin au cours des déambulations de Pierre sur le port du Havre : « Alors... alors pourquoi laisser toute sa fortune à Jean ? »

Toutefois, le romancier ne se contente pas de faire courir d'une séquence à une autre le même motif obsédant, il fait en sorte que le discours intérieur, dans son expansion, devienne, selon une expression empruntée à Henri Michaux, « le lieu du morne, de l'enroulé, de la reprise infinie ». Ce pathétique du ressassement est rendu sensible par les effets mimétiques du style indirect libre. Jamais, comme dans *Pierre et Jean*, on n'avait suggéré avec autant de souplesse les mouvements de l'être intérieur.

Claudine Giacchetti, dans un article intitulé « Déficits métaboliques : sommeil et nutrition dans *Pierre et Jean* de Maupassant », s'interroge quant à elle sur la dimension symbolique des troubles du sommeil et de l'alimentation dans le roman. Selon elle, ces troubles traduisent chez le personnage principal une réaction d'angoisse devant l'insuffisance maternelle, en même temps qu'une volonté de se libérer de cette figure.

Dans les déficits métaboliques de Pierre s'exprime l'angoisse d'une insuffisance maternelle.

Claudine Giacchetti, « Déficits métaboliques : sommeil et nutrition dans *Pierre et Jean* de Maupassant », *The French Review*, avril 1994, p. 773-774.

Pierre ressent comme un abandon le partage de la mère avec le frère et avec Maréchal, l'amant mort de Mme Roland, dont la présence vient hanter l'imagination du jeune homme. Or, dans un revirement total, c'est à la fin la mère qui est expulsée de la petite cabine du bateau où Pierre va connaître l'exil. Ce rejet de la mère, résolution bien tardive du conflit préœdipien, Pierre le vit comme une naissance, dans le bateau sortant de « l'étroit passage » du port, que Maupassant décrit comme « cet enfantement d'une grande ville maritime donnant à la mer sa plus belle fille ». Cette parturition est paradoxalement un retour à l'espace utérin, représenté par le « ventre » du navire où Pierre s'enferme. Installé dans sa cabine sur le bateau, il retrouve enfin le repos nocturne des premiers chapitres, dans un engourdissement fœtal. Naissance et espace utérin sont alors en totale *coïncidence*, dans un mouvement circulaire où contenu et contenant s'ouvriraient l'un à l'autre. [...]

Mais il n'est pas de ventres heureux chez Maupassant, nous rappelle Bachelard (*La Terre et les rêveries du repos*). L'eau retrouvée en dernière page n'est pas le liquide amniotique nourricier, source de toutes les désaltérations, mais l'eau funeste des suicides, de ces désirs d'anéantissement, que ressent aussi Jeanne dans *Une vie*. Si la mer, chez Maupassant, est presque toujours une représentation de l'imago maternel, la mer-mère retrouvée à la fin de *Pierre et Jean* est une « mère terrible », force destructrice, porteuse de mort, à laquelle, même en se précipitant vers les « terres inconnues », les héros maupassantiens ne peuvent jamais échapper. La fragilité et l'impuissance de Pierre devant cette mère-mer impitoyable, qui le détruit jusque dans son unité organique, l'angoisse du « manque » dont il souffre comme d'une mutilation, et enfin son désir de renoncement, expriment les incertitudes d'une identité masculine défaillante, thème qui dominera nettement les deux derniers romans de Maupassant, *Fort comme la mort* et *Notre cœur*.

VII. ÉLÉMENTS BIBLIOGRAPHIQUES

TEXTES DE MAUPASSANT

Romans, édition établie par Louis Forestier, Gallimard, « Bibliothèque de la Pléiade », 1987.

Pierre et Jean, texte établi avec introduction, notes et variantes par Pierre Cogny, Garnier Frères, 1959.

Pierre et Jean, édition présentée et annotée par Bernard Pingaud, Gallimard, « Folio classique », 1982.

Pierre et Jean, préface, commentaires et notes de Marie-Claire Ropars-Wuilleumier, Albin Michel, « Le Livre de Poche », 1984.

Pierre et Jean, notes, questionnaires et synthèses par Claudine Grossir, Hachette, « Bibliolycée », 2002.

Contes et nouvelles, édition établie par Louis Forestier, Gallimard, « Bibliothèque de la Pléiade », 1974-1979, 2 vol.

Chroniques, édition établie par Gérard Delaisement, Rive Droite, 2003, 2 vol.

Correspondance, édition établie par Jacques Suffel, Évreux, Le Cercle du bibliophile, 1973, 3 vol.

Correspondance Gustave Flaubert-Guy de Maupassant, éditée par Yvan Leclerc, Flammarion, 1993.

TRAVAUX CRITIQUES SUR MAUPASSANT

Micheline Besnard-Coursodon, *Étude thématique et structurale de l'œuvre de Maupassant. Le piège*, Nizet, 1973.

Marianne Bury, *La Poétique de Maupassant*, SEDES, 1994.

Michel Crouzet, « Une rhétorique de Maupassant », *La Rhéto-*

rique au XIXe siècle, numéro spécial *RHLF*, mars-avril 1980, p. 233-261.
Claudine Giacchetti, *Maupassant. Espaces du roman*, Droz, 1993.
Armand Lanoux, *Maupassant le Bel-Ami*, Grasset, « Les cahiers rouges », 1979.
Albert-Marie Schmidt, *Maupassant par lui-même*, Seuil, « Écrivains de toujours », 1962.
André Vial, *Maupassant et l'art du roman*, Nizet, 1954.

ÉTUDES CRITIQUES SUR *PIERRE ET JEAN*

Joseph-Marc Bailbé, « *Pierre et Jean*, symphonie bourgeoise », *Études normandes*, 1979, p. 219-229.
Jean-Louis Cabanès, « Ressassement et progression narrative dans *Pierre et Jean* », *in* Louis Forestier (dir.), *Maupassant et l'écriture*, actes du colloque de Fécamp, 21-23 mai 1993, Nathan, 1993, p. 187-196.
Louis Forestier, « La nourriture dans *Pierre et Jean* », *in* Christopher Lloyd et Robert Lethbridge (dir.), *Maupassant conteur et romancier*, University of Durham, 1994, p. 149-159.
Dzintars Freimanis, « More on the Meaning of *Pierre et Jean* » *French Review*, janvier 1965, p. 326-331.
Claudine Giacchetti, « Déficits métaboliques : sommeil et nutrition dans *Pierre et Jean* de Maupassant », *The French Review*, avril 1994, p. 767-775.
Robert Lethbridge, *Maupassant. Pierre et Jean*, Londres, Grant and Cutler, 1984.
Philippe Manneville, « Maupassant et Le Havre », *Études normandes*, XLV, n° 4, p. 69-89.
Robert J. Niess, « *Pierre et Jean* : Some Symbols », *The French Review*, mai 1959, p. 511-519.

Marie-Claire Ropars-Wuilleumier, « Lire l'écriture », *Esprit*, décembre 1974, p. 800-833.

Renée de Smirnoff, « Paysages extérieurs, paysages intérieurs dans *Pierre et Jean* de Maupassant », *in* Yves Reboul, *Maupassant multiple*, actes du colloque de Toulouse (13-15 décembre 1993), Presses universitaires du Mirail, 1995, p. 59-68.

Renée de Smirnoff, « Réminiscences flaubertiennes dans *Pierre et Jean* », in *Voix de l'écrivain*, mélanges offerts à Guy Sagnes, Les cahiers de littératures, Toulouse, Presses universitaires du Mirail, 1996, p. 151-161.

TABLE

ESSAI

DOSSIER

DANS LA MÊME COLLECTION

Marc Buffat *Les mains sales* de Jean-Paul Sartre (10)
Claude Burgelin *Les mots* de Jean-Paul Sartre (35)
Mariane Bury *Une vie* de Guy de Maupassant (41)
Laurence Campa *Poèmes à Lou* de Guillaume Apollinaire (127)
Belinda Cannone *L'œuvre* d'Émile Zola (104)
Ludmila Charles-Wurtz *Les Contemplations* de Victor Hugo (96)
Pierre Chartier *Les faux-monnayeurs* d'André Gide (6)
Pierre Chartier *Candide* de Voltaire (39)
Véronique Cnockaert *Au Bonheur des Dames* d'Émile Zola (149)
Gérard Cogez *Le Temps retrouvé* de Marcel Proust (130)
Gérard Cogez *Voyage en Orient* de Gérard de Nerval (154)
Dominique Combe *Poésies, Une saison en enfer, Illuminations* d'Arthur Rimbaud (118)
Dominique Combe *Les Planches courbes* d'Yves Bonnefoy (132)
Nicolas Courtinat *Méditations poétiques, Nouvelles méditations poétiques* de Lamartine (117)
Marc Dambre *La symphonie pastorale* d'André Gide (11)
Claude Debon *Calligrammes* de Guillaume Apollinaire (121)
Michel Décaudin *Alcools* de Guillaume Apollinaire (23)
Jacques Deguy *La nausée* de Jean-Paul Sartre (28)
Véronique Denizot *Les Amours* de Ronsard (106)
Aude Déruelle *Le Colonel Chabert* d'Honoré de Balzac (143)
Philippe Destruel *Les Filles du Feu* de Gérard de Nerval (95)
José-Luis Diaz *Illusions perdues* d'Honoré de Balzac (99)
Béatrice Didier *Jacques le fataliste* de Denis Diderot (69)
Béatrice Didier *Corinne ou l'Italie* de Madame de Staël (83)
Béatrice Didier *Histoire de Gil Blas de Santillane* de Le Sage (109)
Carole Dornier *Manon Lescaut* de l'abbé Prévost (66)
Pascal Durand *Poésies* de Stéphane Mallarmé (70)
Marc Escola *Contes* de Charles Perrault (131)
Louis Forestier *Boule de suif* suivi de *La maison Tellier* de Guy de Maupassant (45)
Laurent Fourcaut *Le chant du monde* de Jean Giono (55)
Danièle Gasiglia-Laster *Paroles* de Jacques Prévert (29)
Jean-Charles Gateau *Capitale de la douleur* de Paul Eluard (33)
Jean-Charles Gateau *Le parti pris des choses* de Francis Ponge (63)
Gérard Gengembre *Germinal* d'Émile Zola (122)
Pierre Glaudes *La peau de chagrin* d'Honoré de Balzac (113)
Pierre Glaudes *Nouvelles* de Mérimée (145)
Joëlle Gleize *Les fruits d'or* de Nathalie Sarraute (87)
Henri Godard *Voyage au bout de la nuit* de Céline (2)
Henri Godard *Mort à crédit* de Céline (50)
Monique Gosselin *Enfance* de Nathalie Sarraute (57)
Daniel Grojnowski *À rebours* de J.-K. Huysmans (53)

Jeannine Guichardet *Le père Goriot* d'Honoré de Balzac (24)
Jean-Jacques Hamm *Le Rouge et le Noir* de Stendhal (20)
Philippe Hamon *La bête humaine* d'Émile Zola (38)
Laure Helms *Pierre et Jean* de Guy de Maupassant (156)
Pierre-Marie Héron *Journal du voleur* de Jean Genet (114)
Geneviève Hily-Mane *Le vieil homme et la mer* d'Ernest Hemingway (7)
Caroline Jacot-Grappa *Les liaisons dangereuses* de Choderlos de Laclos (64)
Emmanuel Jacquart *Rhinocéros* d'Eugène Ionesco (44)
Alain Juillard *Le passe-muraille* de Marcel Aymé (43)
Anne-Yvonne Julien *L'œuvre au noir* de Marguerite Yourcenar (26)
Anne-Yvonne Julien *Nouvelles orientales* de Marguerite Yourcenar (136)
Patrick Labarthe *Petits poèmes en prose* de Charles Baudelaire (86)
Thierry Laget *Un amour de Swann* de Marcel Proust (1)
Thierry Laget *Du côté de chez Swann* de Marcel Proust (21)
Claude Launay *Les fleurs du mal* de Charles Baudelaire (48)
Éliane Lecarme-Tabone *Mémoires d'une jeune fille rangée* de Simone de Beauvoir (85)
Éliane Lecarme-Tabone *La vie devant soi* de Romain Gary (Émile Ajar) (128)
Jean-Pierre Leduc-Adine *L'Assommoir* d'Émile Zola (61)
Marie-Christine Lemardeley-Cunci *Des souris et des hommes* de John Steinbeck (16)
Marie-Christine Lemardeley-Cunci *Les raisins de la colère* de John Steinbeck (73)
Olivier Leplatre *Fables* de Jean de la Fontaine (76)
Claude Leroy *L'or* de Blaise Cendrars (13)
Henriette Levillain *Mémoires d'Hadrien* de Marguerite Yourcenar (17)
Henriette Levillain *La Princesse de Clèves* de Madame de La Fayette (46)
Jacqueline Lévi-Valensi *La peste* d'Albert Camus (8)
Jacqueline Lévi-Valensi *La chute* d'Albert Camus (58)
Marie-Thérèse Ligot *Un barrage contre le Pacifique* de Marguerite Duras (18)
Marie-Thérèse Ligot *L'amour fou* d'André Breton (59)
Éric Lysøe *Histoires extraordinaires, grotesques et sérieuses* d'Edgar Allan Poe (78)
Joël Malrieu *Le Horla* de Guy de Maupassant (51)
François Marotin *Mondo et autres histoires* de J. M. G. Le Clézio (47)
Catherine Maubon *L'âge d'homme* de Michel Leiris (65)
Jean-Michel Maulpoix *Fureur et mystère* de René Char (52)
Jean-Michel Maulpoix *Lettres à un jeune poète* de Rainer M. Rilke (139)
Alain Meyer *La Condition humaine* d'André Malraux (12)
Michel Meyer *Le Paysan de Paris* d'Aragon (93)
Michel Meyer *Manifestes du surréalisme* d'André Breton (108)

Jean-Pierre Morel *Le Procès* de Franz Kafka (71)
Jean-Pierre Morel *Le Château* de Franz Kafka (155)
Pascaline Mourier-Casile *Nadja* d'André Breton (37)
Cécile Narjoux et Daniel Bougnoux *Le Roman inachevé* d'Aragon (144)
Jean-Pierre Naugrette *Sa Majesté des mouches* de William Golding (25)
François Noudelmann *Huis clos* suivi de *Les mouches* de Jean-Paul Sartre (30)
Jean-François Perrin *Les confessions* de Jean-Jacques Rousseau (62)
Bernard Pingaud *L'Étranger* d'Albert Camus (22)
François Pitavy *Le bruit et la fureur* de William Faulkner (101)
Jonathan Pollock *Le Moine (de Lewis)* d'Antonin Artaud (102)
Jean-Yves Pouilloux *Les fleurs bleues* de Raymond Queneau (5)
Jean-Yves Pouilloux *Fictions* de Jorge Luis Borges (19)
Simone Proust *Quoi ? L'Éternité* de Marguerite Yourcenar (94)
Frédéric Regard *1984* de George Orwell (32)
Pierre-Louis Rey *Madame Bovary* de Gustave Flaubert (56)
Pierre-Louis Rey *L'éducation sentimentale* de Gustave Flaubert (123)
Pierre-Louis Rey *Quatre-vingt-treize* de Victor Hugo (107)
Pierre-Louis Rey *Le Premier homme* d'Albert Camus (152)
Jérôme Roger *Un barbare en Asie* et *Ecuador* d'Henri Michaux (124)
Myriam Roman *Le dernier jour d'un condamné* de Victor Hugo (90)
Anne Roche *W* de Georges Perec (67)
Colette Roubaud *Plume* d'Henri Michaux (91)
Mireille Sacotte *Un roi sans divertissement* de Jean Giono (42)
Mireille Sacotte *Éloges* et *La Gloire des Rois* de Saint-John Perse (79)
Mireille Sacotte *La promesse de l'aube* de Romain Gary (138)
Corinne Saminadayar-Perrin *L'enfant* de Jules Vallès (89)
Marie-France Savéan *La place* suivi de *Une femme* d'Annie Ernaux (36)
Henri Scepi *Les complaintes* de Jules Laforgue (92)
Henri Scepi *Salammbô* de Gustave Flaubert (112)
Henri Scepi *Notre-Dame de Paris* de Victor Hugo (135)
Alain Sicard *Résidence sur la terre* de Pablo Neruda (110)
Evanghelia Stead *Odyssée* d'Homère (142)
Laurent Susini *Pensées* de Blaise Pascal (148)
Michèle Szkilnik *Perceval ou Le Conte du Graal* de Chrétien de Troyes (74)
Alexandre Tarrête *Les Essais* de Montaigne (146)
Marie-Louise Terray *Les chants de Maldoror* de Lautréamont (68)
Jérôme Thélot *L'Idiot* de Fédor Dostoïevski (151)
Claude Thiébaut *La métamorphose et autres récits* de Franz Kafka (9)
G. H. Tucker *Les Regrets* de Joachim du Bellay (84)
Fabien Vasseur *Poésies, La Jeune Parque* de Paul Valéry (133)

Bruno Vercier et Alain Quella-Villéger *Aziyadé* suivi de *Fantôme d'Orient* de Pierre Loti (100)

Dominique Viart *Vies minuscules* de Pierre Michon (120)

Michel Viegnes *Sagesse Amour Bonheur* de Paul Verlaine (75)

Marie-Ange Voisin-Fougère *Contes cruels* de Villiers de L'Isle Adam (54)

Jean-Michel Wittmann *Si le grain ne meurt* d'André Gide (125)

Composition I.G.S.
Impression Bussière à Saint-Amand (Cher),
le 13 mai 2008.
Dépôt légal : mai 2008.
Numéro d'imprimeur : 081589/1.
ISBN 978-2-07-033925-9./Imprimé en France.

144420